고양이 눈으로 산책

*일러두기
본문 중 '편집자'로 표시한 것 외의 각주는 모두 옮긴이의 것이다.

고양이 눈으로 산책

고양이 스토커의
사뿐사뿐 도쿄 산책

아사오 하루밍 지음
이수미 옮김

북노마드

차례

....

머리말

"여기에 살짝 그 동물 그림을 그려주세요"라고 거래처 사람들에게 부탁을 받는 경우가 있다. '그 동물'이란 개와 고양이 사이에 있는 동물을 말한다. 늘 그림 속 주인공 옆에서 사람 말을 하는 생물. 어떤 때는 어린 소녀의 놀이 동무가 되고, 어떤 때는 가족의 일원으로 아파트에 살고, 또 어떤 때는 집안일을 배우는 조수가 되기도 하는. 장면마다 어느 쪽으로도 보이게끔 그렸는데, 오랜 세월 함께하는 동안 점점 고양이의 모습을 닮아갔다. 나는 이 고양이에게 '페스'라는 이름을 붙여주었다.

비록 페스는 종이 안에 사는 고양이이지만, 나는 페스를 내 안으로 옮겨서 '내 안의 고양이'와 함께 외출

해보기로 했다. 이 고양이는 어떤 곳이든 잘 따라나서고, 동물이 아닌 척 신선처럼 달관한 태도로 한마디씩 던진다. 처음 접하는 세상으로 과감하게 뛰어든 후엔 제법 멋진 감상을 늘어놓기도 한다. 고양이가 순찰을 돌듯 살금살금 한 바퀴 빙 돌면서 보고 들은 것들을 이제부터 보고하려 한다. 계속 함께해주시길.

아사오 하루밍

회색 고양이,
강을 타고 내려가다

— 스미다가와 隅田川

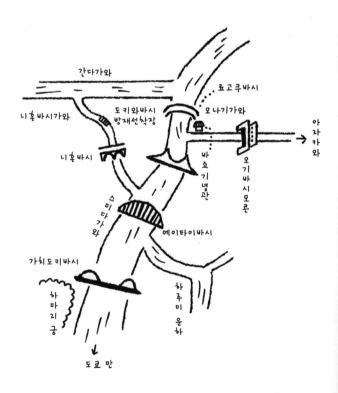

간다가와
쿄고쿠바시
니혼바시가와
도키와바시
방재선착장
오나기가와
아라카와
니혼바시
바쇼기념관
오기바시모론
스미다가와
에이타이바시
가치도키바시
하루미운하
하마리궁
도쿄만

10

내 능력을 과대평가했나보다. 모아뒀다 한꺼번에
처리하면 되리라 생각했던 일이 쌓이고 쌓여, 이
번 오봉[1] 연휴에는 놀 생각 말고 지장보살이라도
등에 업은 듯 묵직한 기분으로 지내야겠구나, 휴
우, 하고 한숨짓던 어느 여름날……

"하루밍 씨, 배 타고 강 놀이 하는 데 같이 갈
래요?"라는 미치코 씨의 전화를 받았다. 미치코
씨는 아라시야마 고자부로[2] 씨의 비서로 일하는
분이다.

눈앞이 확 밝아진다.

강 놀이라고 하면 지붕이 있는 놀잇배를 타
고 튀김 따위를 먹으며 노는 모습을 상상하게 되
는데, 사실은 그런 게 아니라 '에도도쿄江戸東京 강
의 재발견-제6회 뱃놀이 이벤트'라는 이름의 견
학이었다. 작은 배를 타고 도쿄 도심의 강(니혼바
시가와日本橋川, 간다가와神田川, 스미다가와隅田川, 오
나기가와小名木川)을 한 바퀴 도는 행사이다. 이 얼
마나 운치 있는 놀이인가? 역시 풍류를 안다. '강,

1 お盆, 매년 양력 8월 15일을 중심으로 조상에 대한 제사를 모시는 일본
최대의 명절. (편집자)
2 嵐山光三郎, 편집자 겸 작가.

에도, 풍류'라 하니 마쓰오 바쇼[3]가 떠오른다.

이를 어쩌나, 하이쿠[4]라니. 그러고 보니 아라시야마 씨와 친한 분들은 모두 하이쿠 달인이다. 상쾌한 강바람을 맞으면 틀림없이 하이쿠를 읊을 테지. 하이쿠에 젬병인 나는 어쩌라고?

"제가 가도 되나요?"라며 급히 꽁무니를 빼고 싶었지만, 강이 시원하겠네, 배는 어릴 때 노지리野尻 호수에서 타고 처음인데, 라며 괜스레 기대하는 마음도 들었다.

만나기로 한 선착장은 지도에서 보니 니혼바시의 일본은행 바로 옆이었다. 이런 도심 한가운데에 선착장이 있을 줄은 전혀 몰랐다. 니혼바시日本橋라는 이름도 '다리 교橋' 자가 붙긴 했지만 그냥 큰 거리라고 생각했었다. 지하철에서 내려서 지상으로 나와, 차들이 휙휙 달리는 큰길을 따라 선착장을 향해 걸었다. 아라시야마 씨와 미치코 씨가 도키와바시常盤橋 끝에서 기다리고 있었다. 아라시야

3 松尾芭蕉, 에도시대 전기에 활동했던 하이쿠 작가.
4 일본 고유의 짧은 시. 5·7·5의 17음 형식이다.

마 씨는 헤엄치는 잉어 무늬 알로하셔츠를 입었다.
오늘 온종일 강에서 놀 테니 분위기에 맞춰 코디
했나 싶었지만, 그건 아니었다. 사카자키 시게모
리[5] 씨, 오카베 겐지[6] 씨, 미나미 신보[7] 씨와 부인,
편집자 유리코 씨와 나를 포함하여 여덟 명이 배
를 탈 순서를 기다린다. 다리 위에서 기다리는 동
안, 한 척, 두 척, 떠나는 배를 배웅했다.

　　내 안의 고양이가 "인간들은 참 이상한 걸 타
네"라고 말한다. 배를 높은 위치에서 내려다보니
괜히 우쭐해지는 거다. 배에 탄 승객들의 머리가
다리 위에서도 잘 보인다. 가발 쓴 사람은 한 명도
없었다. 다녀오세요, 라고 무심코 손을 흔들었다.

　　"고양이도 배를 탈 수 있나? 아, 고양이는 물
을 싫어하지?"라고 유리코 씨가 킥킥 웃으니 왠지
흥겨워진다.

　　"유리코 씨, 잘 아시네요. 나는 물이 싫어요.
그래도 일단 배에 타고 나면 우리 고양이들은 얌

5 坂崎重盛, 에세이스트.
6 岡部憲治, 프로듀서.
7 南伸坊, 일러스트레이터.

전하게 가만히 있거든요. 까불고 떠드는 건 예의 없는 인간의 아기들이나 하는 짓이죠"라고 내 안의 고양이가 잘난 척을 한다.

　나는 이 무리 안에서 회색 고양이다.

　회색 고양이라고 아시려나? 어릴 때 내가 살던 동네엔 피구의 규칙 중 하나로 '회색 고양이'라는 게 있었다. 초등학교 고학년 아이들이 노는 곳에 유치원생 꼬마가 섞이면, 경기를 시작하면서 "너는 회색 고양이야"라고 미리 말해두고, "○○이 들어간다! ○○이는 회색 고양이!"라고 모두에게 큰 소리로 알린다. 어린아이들은 아무래도 큰 아이를 이길 수 없으니 봐주자는 뜻이다. 그런데 왜 하필 회색 고양이인지는 나도 잘 모른다. 어쩌면 '기는 고양이'라는 뜻일 수도 있다.[8] 힘은 달리면서 마음만 앞서는 회색 고양이는 고학년 형들이랑 같이 놀 수 있다는 것만으로 좋아서 신바람이 난다.

:

8　회색 고양이灰猫와 기는 고양이這い猫는 '하이네코'로 발음이 같다.

다섯번째 배에 올랐다. 아라시야마 씨를 선두로 배의 중심축에 나란히 걸터앉는다. 등을 맞대고 앉은 다른 일행의 손에 든 봉투에 한 컵으로 포장된 술이 들어 있다. 언제 마실까 생각하는 듯 부스럭부스럭 봉투를 열었다가 닫았다가 한다. 당장이라도 비가 내릴 것 같은 잔뜩 흐린 하늘. 갖고 온 우산을 배 가장자리의 구멍에 끼우고, 자, 얼른 갑시다, 하고 목을 길게 뺀다.

타타타타, 하는 엔진 소리가 본격적으로 들려오고, 녹회색 강물이 첨벙 하고 크게 물결친다. 와아, 양갱 같다, 하고 생각했다. 이 강물이 전부 양갱이라면 엄청나게 긴 양갱이다. 토라야⁹가 몇 채나 필요할까?

"지금 그런 생각이나 하고 있을 때예요?" 내 안의 고양이가 동요하며 켁, 하고 털을 뱉었다.

니혼바시가와 위엔 고속도로가 달린다. 배는 차보다 훨씬 낮은 곳에서 이동한다. 어둡다. 구단시타九段下의 마나이타바시俎橋 부근까지 왔을 때, 신

⁝

9 일본의 전통 과자점. 양갱과 모나카가 유명하다.

호등과 건물의 조합이 왠지 낯익었다. 알고 보니 그저께 지각하지 않으려고 열심히 달렸던 길이다. 배가 흔들흔들 나아가자, 전속력으로 달리는 그저께의 나를 훌쩍 앞지른 듯한 착각을 느꼈다.

사람이 높은 곳에서 떨어져 죽기까지의 그 짧은 시간에 과거의 자기 모습이 회상 장면처럼 되살아난다고 하는데, 아마 이런 느낌이 아닐까? 배를 타고 있으니, 지상에서 일어나는 일들이 왠지 멀게 느껴진다. 신호나 다른 차와는 상관없이 배는 그저 앞으로 나아간다. 다리 위에서 '어머나, 배에 사람이 많이 타고 있네'라고 신기하다는 듯 손을 흔드는 사람들은 우리를 어디로 보내는 걸까?

아라시야마 씨랑은 무얼 하고 있나 싶어서 슬쩍 둘러보았다. 사람들의 모자챙이 제비처럼 보였다. 우산을 지팡이 삼아 울대뼈 앞에서 손으로 잡고 가만히 강가를 바라본다. 하이쿠는 생각해뒀을까?

강가에 서 있는 낡은 건물 창에서 와이셔츠 차림의 남자가 이쪽을 보고 손을 흔든다. 경마공원에 마권을 사러 온 사람도, 파칭코 주차장에 자전거를 세우는 사람도, 어? 하고 웃으며 손을 흔든다. 아까 나도 그랬다. 사람들은 어쩐지 배가 지나가면 손을 흔들게 되는 모양이다. 고양이는 코 가까이 손가락을 갖다 대면 냄새를 맡는데, 인간의 뇌에는 배를 보면 손을 흔들도록 입력되어 있는 게 분명하다고 이날 확신했다.

간다가와에서 스미다가와로 접어들자마자 강폭이 쑥 넓어지기에 바다로 나왔나 싶었다. 활처럼 생긴 부드러운 곡선 형태의 다리가 멀리 보인다. 야나기바시柳橋 방향의 강변에는 바쇼암芭蕉庵 유적이 곳처럼 튀어나와 있었다.

내 등뒤에 앉은 누군가가 바쇼암을 본 감격을 토로하고 있다. 아라시야마 씨는 무얼 하나 싶어 슬쩍 본다. 조용히 강기슭을 보고 있는 것 같은데, 머릿속에서는 하이쿠가 생성되는 중인지도 모른다. 아아, 신이시여, 아무쪼록 "하루밍 씨의 하이쿠도 좀 들어보자"라는 말은 나오지 않도록! 만약 그렇게 되면 나는 돌을 치운 순간 그 밑에 붙어 있던 갯강구처럼 화들짝 놀라겠지.

"하이쿠는 나중에 내가 지어줄게요. 일단 니혼바시로 돌아가서 닌벤[10] 앞에 내려줘요."

내 안의 고양이가 물이 무서운지 어두운 곳으로 피신한다. 얼른 육지로 올라가서 가다랑어포 먹고 싶구나?

스미다가와의 지류인 오나기가와로 접어들어 오기바시코몬扇橋閘門이라는 수문을 빠져나왔다. "머리 위로 물방울이 좀 떨어질 거예요. 여러분 우산 쓰세요"라고 가이드가 알려준다. 몇몇 사람이 우산을 펴서 어깨에 걸친다. 문이 커다란 단두대 모양이라 바로 밑을 지날 때는 오싹했다. 문폭이 넓지 않아서 배 두 척이 지나기 어려운지, 먼저 간 배가 다시 돌아올 때까지 문 바로 앞에서 기다리며 길을 양보한다. 스쳐지나갈 때 저쪽 배에

⋮

10 니혼바시에 본사를 둔 수산가공품 제조업체.

탄 사람과 눈이 마주치는 게 조금 쑥스럽다. 그러
다 또 손을 흔들고 만다.

스미다가와에서 니혼바시가와로 거슬러올라
가 처음 배를 탔던 선착장으로 돌아왔다. 오늘은
옛 시대로부터 전해 내려오는 크고 자랑스러운 토
목 건축물을 많이 바라보며 다나카 가쿠에이[11]가
느꼈을 기분을 상상했다. 니혼바시 위에 고속도로
가 놓여 있다. 그곳을 달릴 때는 밑에 다리가 있다
는 생각을 하지 못한다. 마을 속의 강은 건축물 사
이로 숨어드니, 강이 있다는 사실도 잊고 산다. 사
람을 태운 배가 강물에 흘러가는 모습을 보았을
때 비로소 그곳이 강이었다는 걸 깨닫는다.

아, 맞다. 니혼바시가와의 어느 다리에 노숙
인들의 옷가지랑 가재도구가 걸려 있는 걸 봤는데,
어쩐지 작은 철물점 같았다. 길에서는 안 보이고
강에서만 보이게끔 교묘하게 감춰져 있기에, 멋지

:

11 田中角栄. 제64~65대 총리대신. 건축사 출신이다.

다! 도시인! 하고 속으로 외쳤다. 그런 멋진 광경
을 목격했는데도 하이쿠는 떠오르지 않는다. 5, 7,
5는커녕 이렇게나 길게 주절거리고 있다.

아가씨와 바다를 바라보다 ―
요코하마 橫浜 제방

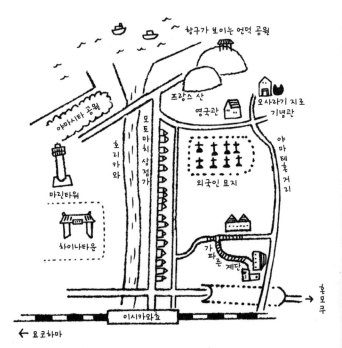

항구가 보이는 언덕 공원

프랑스 산

영국관

오사라기 지로 기념관

야마시타 공원

모토마치 상점가

호리카와

야마테 혼거리

외국인 묘지

마린타워

차이나타운

가파른 계단

이시카와쵸

← 요코하마

혼모쿠 →

나는 사춘기에 접어들고도 텔레비전에서 본 걸 진짜 있었던 일이라고 믿어버리는 아이였다. 현실에 없다는 걸 알면서도 내 마음을 어지럽히는 매혹적인 인물이 사실은 가짜라는 걸 믿고 싶지 않아서일까? 나는 요코하마橫浜에 가면 후지 다쓰야藤竜也를 꼭 만날 수 있으리라 믿었다.

형사 드라마에 나왔던, 분위기 있으면서도 조금 불량해 보이는 매력적인 후지 다쓰야에게 그 당시 중학생이었던 내 마음을 홀딱 빼앗겨버렸다. 텔레비전 화면에 비치는 요코하마 거리의 이름을 유심히 보았다가 드라마가 끝나면 지도에서 찾아보는 게 그때의 내 취미였다. 나는 그 덕분에 또래 중에서 요코하마 지리를 제일 잘 아는 아이가 됐다.

지도 속에서 어떤 때는 하세 나오미長谷直美, 또 어떤 때는 다케다 카오리竹田かほり도 되어보았다. 고가네쵸黃金町나 바샤미치馬車道 거리의 탐정 사무소에서 일하면서 땀을 뻘뻘 흘리기도 했다.

그 당시엔 '다케노코족¹'이 유행이었기에 하라주
쿠原宿를 신봉하는 친구가 많았지만, 나는 하라주
쿠의 다케시타竹下 거리보다 무조건 요코하마의
바샤미치 거리를 신봉했다. 요코하마 파는 반에
서 나와 분짱 단둘뿐이었다. 분짱의 할아버지 방
에서 분짱과 함께 영화 〈감각의 제국〉 사진집을
펼쳐놓고 후지 다쓰야와 마쓰다 에이코松田英子가
나오는 페이지를 몰래 감상했던 열다섯 살의 어
느 해질녘은 지금도 생각이 난다(분짱은 지금 교
직에 몸담고 있다).

고등학생이 되어서는 봄방학 수련회 때 방
문하는 곳이 요코하마라는 이유만으로 특별활동
부서를 '향토 연구 클럽'으로 정했다. 요코하마에
가면 후지 다쓰야의 흔적을 찾을 수 있으리라는
희망을 안고 '향토 연구'에 힘썼다.

요코하마와 후지 다쓰야에 대한 애정은 어
른이 된 지금도 문득문득 사춘기 시절만큼 강해

⋮

1 1970~1980년대에 하라주쿠의 '다케노코'라는 옷 가게에서 유래된 패션
으로 치장하고 다니는 젊은이들을 가리키는 말이다. 요요기 공원 근처 거
리에서 음악을 틀어놓고 춤을 추는 것으로 유명했다.

지곤 하는데, 그러던 어느 날 치카코 씨가 요코하
마에 놀러 가자는 말을 꺼냈다. 차이나타운에서
맛있는 돼지불고기덮밥을 먹고 모토마치元町를 걷
자는 멋진 제안이었다.

그리하여 차이나타운의 식당에 도착. 가게 1
층은 돼지불고기 판매점이어서 식당이라기보다
정육점 같은 분위기였다. 그 옆쪽으로 잘 보이지
않는 곳에 계단이 있었다. 2층이 아담하게 식당으
로 꾸며져 있는데, 점심때가 되니 몇 안 되는 자
리가 눈 깜짝할 사이에 채워졌다. 반드시 먹으리
라 벼르고 있던 돼지불고기덮밥과 오이장아찌를
먹고 우리는 만족했다. 가게를 찾는 것도 자리를
확보하는 것도 쉽지 않을 듯한 이런 곳을 알다니,
치카코 씨는 어디에 맛있는 게 있는지 마을 구석
구석까지 다 아는 길고양이 같다. 치카코 씨와 나
들이하는 건 이번이 처음인데, 친밀감이 급속도
로 치솟았다.

"이제 외국인 묘지 쪽으로 산책이나 할까요?"
라고 치카코 씨가 묻는다. "치카코 씨는 요코하마
지리를 잘 아시네요"라고 하자 "학교 다닐 때 이후
로는 오랜만에 왔는데요"라고 한다. 나는 길눈이
밝은 치카코 씨만 믿고 열심히 따라갔다.

생각해보면 요코하마는 참 신비로운 도시이
다. 차이나타운에서 나와 작은 강을 넘으면 곧 가
파른 경사가 시작되고 산이 눈앞에 보인다. 그리
멀지 않은 교외에 터널도 있다. 평지만 있는 마을
에서 태어나 자란 내게 터널이라고 하면 지역 사
이의 경계라는 이미지밖에 떠오르지 않는다. 그
래서인지 요코하마의 터널에서 도시의 발랄함을
느꼈다. 비탈길을 오르니 '항구가 보이는 언덕 공
원'이랑 외국인 묘지가 나왔다. 외국인 묘지에서
마린타워 쪽을 향해 서면 저 멀리 항구가 넓게 바
라보인다.

이 풍경은 후지 다쓰야 · 구사카리 마사오草刈

正雄 주연의 드라마 〈프로헌터〉 오프닝 타이틀 배경으로 등장했다. 발밑에 펼쳐진 이 마을 어딘가에서 언제 흉악한 범죄가 일어날지 모르니 오늘도 조심하자.

고등학교 때 처음 외국인 묘지를 방문했을 때는 감정이 격앙된 나머지 '어떤 일을 했기에 여기 매장되었을까?'라며 눈시울을 붉혔지만, 이번에는 설명이 적힌 팻말도 차분하게 읽을 수 있었다. 138년 전 일본에 처음 철도가 놓일 때 도와주러 온 모렐Edmund Morel이라는 영국인을 비롯한 외국인 철도 기술자들이 사망하여 그 유해를 묻은 것이 외국인 묘지의 시작이라고 한다.

나도 이제 어른이 됐구나.

묘지 저편에 유명한 서양식 찻집이 있는데, 왠지 시골뜨기를 유혹하는 것 같아서 그냥 지나쳤다. 이 가게는 잡지《올리브》에 실린 기사를 통해 알고 있었고, 기사를 보곤 열심히 체크해두었던 기억이 난다.

내 안의 요코하마는 후지 다쓰야와 올리브 문화가 혼연일체가 되어 이룬 동경의 장소이다. 그러나 동경한다고 해도 드라마 속 이야기일 뿐이다. 가슴을 쥐어뜯을 만큼 사모한다 해도 범인을 수사하러 후지 다쓰야가 내 앞에 나타날 리 없다……라는 사실을 받아들이기까지 꽤 오랜 시간이 걸렸다.

치카코 씨에게 그 이야기를 하니 치카코 씨도 〈프로헌터〉를 알고 있었다. 그 무렵 유행했던 패션 이야기를 나누는 동안, 나이를 감쌌던 베일이 스르르 벗겨진다. 치카코 씨에게 띠가 뭔지 물었더니, 나랑 동갑이었다. "뭐야, 그랬구나"라며 갑자기 말투가 편해진다.

"내 모교가 바로 근처예요. 모처럼 여기까지 왔으니 잠시 들러도 될까요?"라고 치카코 씨가 양해를 구한다.

웅? 이 근처? 학교가 요코하마라는 건 알았

지만, 이 근처라면? 유명 사립여고인 ○○여고밖에 없잖아? 거기는 공주님 학교의 대명사 같은 곳이다.

"치카코 씨, 부잣집 아가씨였네?"

"아니에요"라고 치카코 씨는 여러 이유를 들어가며 열심히 변명했지만, 그건 신혼부부가 독신인 나에게 첫날밤 이야기를 들려주는 거나 다름없었다. 치카코 씨, 아닌 척해도 어쩔 수 없어요.

나는 생각했다. 중고등학생 때 텔레비전 속의 요코하마에 동경심을 품고 열심히 지도를 들여다보던 시절, 치카코 씨는 후지 다쓰야가 언제 나타날지 모르는 이 눈부신 길을 매일 걸었겠구나. 치카코 씨가 반짝반짝 빛을 내며 먼 곳으로 마치 유성처럼 훌쩍 날아가버린 듯한 느낌이 들었다. 시골에서 자란 나는 도쿄에 정착할 집도 없고 기댈 곳도 없는 길고양이인데, 알고 보니 치카코 씨는 도시의 고급 고양이였다. 돼지불고기덮밥을 함께 먹고, 길고양이에 관한 이야기를 나누고, 학창시절에 교칙에 얽매여 얼마나 갑갑한 생활을 했는지 같은 공기를 마시며 즐겁게 수다를 떨었지만, 알고 보니 치카코 씨의 발바닥은 부드러운 핑크색이고 내 발바닥은 거칠고 까맸던 것이다. 그러나 사람이란 동물은 참 편리하게 만들어졌다. 어떻게든 긍정적인 결론을 이끌어내기 위해 나는 머리를 굴렸다.

요코하마라고 하면 부잣집 아가씨들이 다니는 사립학교의 이미지가 강하다. 그 공주님이 실제로 내 앞에 나타났다! 요코하마에 대한 또하나의 이미지는 후지 다쓰야이니, 그도 언젠가는 내 눈앞에 나타나주리라 믿고…….

치카코 씨, 길고양이가 되다 — 나미다바시 泪橋

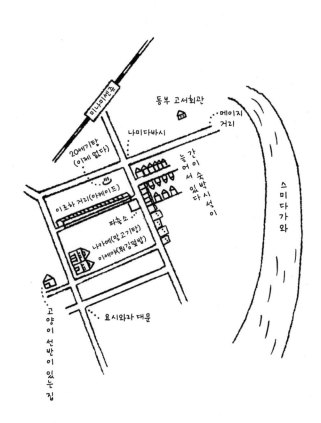

미나미센쥬

동부 고서회관

메이지 거리

나미다바시

20에키탕 (이제 없다)

늘 간 엇 이 서 숙 있 박 다 시 섯 이

이로하 거리 (아케이드)

파출소

나카에(말고기탕)
이세야 (튀김덮밥)

스미다가와

고양이 선반이 있는 집

요시와라 대문

점심 전. 메이지明治 거리에 사람이 별로 없다. 치카코 씨와 나는 나미다바시를 지나 요시와라吉原 제방까지 튀김덮밥을 먹으러 가려 한다.

메이지 거리의 작업복 가게가 문이 열려 있어서 들여다보니 손님은 한 명도 없었다. 투박한 장갑이랑 칙칙한 색상의 점퍼가 여기저기 매달린 채 바람에 흔들린다. 어느 여관 간판에는 일박에 3천3백5십 엔, 한 달 묵으면 8만 7천9백 엔(세금 포함)이라 적혀 있다. 새로 지은 듯한 이 여관에는 20인치 텔레비전, 냉장고, 에어컨, 케이블 방송 등이 서비스되고, 온천, 코인 샤워, 코인 세탁기, 정수기, 여성 전용층, 화장실(비데), 온수기가 있다고 한다. 좀 오래돼 보이는 여관 입구에는 공중목욕탕의 신발장처럼 생긴 나무 사물함이 있고 칸마다 번호가 매겨져 있다. 장기간 투숙하는 사람이 있는 모양이다. 어떤 시스템인지 상상이 되지 않았다.

접수창구에 금색 글자로 송松, 죽竹, 매梅라고

크게 적혀 있는데 가격은 똑같이 1천 엔이다. 그렇다면 방에 굳이 이름을 붙인 이유가 뭘까? 이렇게 적어두면 손님도 고르는 재미가 있고 "송으로 주시오"라며 고객으로서 당당하게 요구하는 기분을 만끽할 수 있어서인지도 모른다.

"갈 데 없으면 이런 데서 살아도 되겠네요. 보증금이나 복비도 필요 없고." 부잣집 아가씨인 치카코 씨가 마음에도 없는 말을 한다.

어릴 적 할머니에게 "전쟁 때 집이 불타는 바람에 셋방살이를 한 적이 있단다. 그때 네 아비가 논에 있는 우렁이를 보고, 너는 집이 있는데 왜 나는 집이 없냐고 하더라"라는 말을 이불 속에서 듣고 서글퍼진 기억이 떠오른다. 치카코 씨보다는 내가 이쪽 생활에 더 적합할 듯하다.

마치 고양이를 찾을 때처럼 큰길에서 뒷골목으로 들어가봤다.

길가에 웬 사람들이 많이 모여 있다. 주로 쉰

살가량 되어 보이는 남자들인데 건물에 달라붙은 것처럼 등을 기댄 채 쭈그리고 앉아 있었다. 일 받을 순서를 기다리는 모양이었다. 우리가 지나가니 "아가씨! 어디 가요!"라고 당당하게 말을 건다. 여기저기서 불러도 그렇게 불쾌하진 않았다. 옛날부터 알고 지냈던 사람처럼 친근하여 어떻게 대응할까 망설이는 사이, 치카코 씨가 "역까지 가요"라고 진지하게 대답하는 것이다.

지금 튀김덮밥을 먹으러 간다고 절대 말할 수 없는 분위기다.

'사이좋은 하우스'라고 귀여운 글자로 적힌 유스호스텔 문 앞에 하얀색과 검은색이 섞인 점박이 고양이가 엎드려 있다. 뒤룩뒤룩 살이 찐 걸 보니 밥도 충분히 먹으면서 귀여움 받고 사는 모양이다. 장화 신은 아저씨 뒤에 딱 붙어 식당 안으로 들어간다.

"돈 없어도 먹고 마실 수 있으니 좋겠지요?"

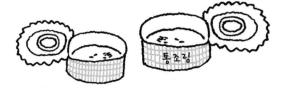

라고 내 안의 고양이가 내 등을 톡 두드리며 말했
다. 그러게 말이야. 고양이는 공짜로 밥 먹고 좋겠
다. 공짜로 밥을 먹을 수 있다면야 고양이라도 되
겠다는 사람도 없지는 않을 거다.

　"예전 회사에 다닐 때, 길고양이가 된 적이 있
어요"라고 치카코 씨가 별안간 엉뚱한 말을 했다.
　"상사가 그러는 거예요. 자네, 나미다바시에
가서 길고양이랑 좀 놀다 와."
　"어? 공주님 중의 공주님인 치카코 씨가요?"
　내 안의 고양이가 놀라서 야옹야옹 운다. 고
양이는 울기만 하면 다 알아듣는다고 믿는 모양
이다.
　"그래서 우유에 물을 타서 됫병에 넣어 들고
갔죠."
　"겨울에 힘들지 않았어요?"라고 놀란 표정
을 감추며 물어보았다.
　"힘들었죠. 겨울 추위는 길고양이에게 생사가

걸린 문제예요. 한겨울에는 자다가 아침에 못 일어나고 그대로 죽는 고양이도 많대요. 그래서 겨울이 되면 길고양이 수가 감소한다고 보스한테 들었어요. 그런 이유로 길고양이는 수명이 짧대요."

치카코 씨는 여기까지 말하고는 털모자를 깊이 눌러 썼다. 치카코 씨 얼굴에서 당장이라도 수염이 돋을 것만 같았다.

"우유를 들고 가보니 모두 자기 접시를 갖고 있더라고요. 여기에 달라고 하는 것 같아서 부어주면 금세 다 먹어버려요. 어디 보관해뒀다가 나중에 먹자는 생각은 전혀 안 하는 모양이에요."

역시 길고양이. 어련하시겠어요.

"어디서 왔니? 하고 물어보면 커다란 저택에 살았을 때 자주 먹었다면서 호화로운 만찬 메뉴를 술술 읊거나, 큰 회사 사장의 애인 집에 살았던 시절을 자랑스럽게 늘어놓곤 하는데, 그거 다 거짓말이에요. 고양이는 건망증이 심해서 최

근 일만 기억하거든요. 나는 어디서 왔는지 다들
묻기에, 이사 간 주인 뒤를 쫓다가 여기까지 오게
됐다, 그러니까 길고양이는 아니고 주인을 찾는
중이라고 말했지요. 아무도 수상히 여기지 않았
어요. 우유만 마실 수 있으면 그걸로 족하다고 생
각하는 것 같았어요. 어느 고양이든 다 남루하고
힘들어 보였지만, 이 마을에서는 적은 수확으로
도 그럭저럭 살 만한가봐요. 참치를 달라는 둥 가
리비를 달라는 둥 까다롭게 굴지만 않는다면 즐
겁게 살아갈 수 있대요. 길고양이는 자기들을 불
쌍하다고 생각하지 않으니까."

　내 안의 고양이가 "친절한 고양이 아줌마가
가끔 밥을 주는데, 배가 불러도 먹게 될 때가 있
어요. 그렇잖아요? 내가 안 먹어주면 아줌마 마음
이 불편하잖아"라고 잘난 척하며 말한다. 고양이
는 늘 이렇게 자기 위에 아무도 없는 듯 군다.
　"치카코 씨, 아까 유스호스텔 같은 데서 살아

도 되겠다고 했는데, 그 말 진심이에요?"라고 나는 치카코 씨 얼굴에 혹시 수염이 나지는 않았는지 확인하며 질문했다.

"후후. 유스호스텔은 그나마 나은 편이죠. 그런 데는 잘나가는 애들 차지예요. 이 마을에 사는 동안, 잠자리에 지붕이 있는지 없는지 점점 상관없게 되었어요. 잠들면 다 똑같아요. 그런데 문제는 겨울이죠. 벼룩한테 시달리는 것도 좀 힘드네요."

여긴 살기 좋은 마을인가요? "네, 늘 사냥감이 있고, 고양이 아줌마도 가끔 둘러봐주고요. 길고양이에겐 제법 괜찮은 마을이에요."

내 안의 고양이에게 "너, 어쩔래? 만약에 여기서 살아보라면?" 하고 고양이 전파를 보냈다.

"모르게쨔옹" 하며 털을 핥는다. 고양이는 어떻게 하면 좋을지 난감할 때 자기 몸을 핥는 버릇이 있다. 핥으면서 "그럼 하루밍 씨는 어쩔 건데?"라고 묻는다.

나는 물건을 쌓아두고 사는 타입이다. 길고

양이가 되어도 그 버릇은 못 버릴 것 같다. 가지
고 있으면 언젠가는 쓸 데가 있을 거라며, 물건을
수레에 가득 싣고 다니는 길고양이. 나는 아무리
오래 쓴 물건이라도 잘 버리지 못한다. 그렇다, 몸
이 홀가분해지면 감기 걸릴 것 같아 무서워서 그
런다. 왠지 벼랑 끝에 서 있는 듯한 기분?

"맞아요. 지금 사는 곳을 보면 알아요. 집이
없어진다 해도 그 라이프 스타일은 절대 안 바뀔
걸요"라고 내 안의 고양이가 다 안다는 듯 입을
빼물고 말했다.

얼마 전에 '산야'에서 '니혼즈쓰미'로 이름이
바뀐 파출소가 장엄하게 서 있는 모퉁이를 도니
이로하 거리 상점가 입구가 나왔다.

규모가 제법 큰 주류 판매점 앞에, 유리가 깨
져서 내용물을 몽땅 털린 것처럼 생긴 자동판매
기가 우뚝 서 있다. 수리를 해도 소용없어서 그냥
방치하는 건지도 모른다.

"뼈다귀만 남은 생선구이 같네요"라고 내 안의 고양이가 말했다. 맞은편 공터에는 사람이 들어가지 못하게끔 울타리가 단단히 설치되어 있었다. "고양이 쫓으려고 세워놓는 페트병 같은 거네요"라고 내 안의 고양이가 재미있는 말을 했다. 페트병에 효과가 있는지 없는지 알고 싶은 인간의 사사로운 욕망을 해답도 듣기 전부터 산산조각 내버리려는 듯 울타리 주위에 노숙자들이 모여 뭔가를 먹거나 마시고 있다. 얼굴도 반지르르하고 왠지 패기가 있어 보이는 사람들이었다.

"아키타秋田의 겨울은 혹독했어요. 지붕 있는 곳을 두고 쟁탈전을 벌이기도 했으니까요. 북쪽 지방의 노숙 생활은 역시 힘들어요."

치카코 씨의 길고양이 수행은 대체 어디까지였던 걸까? 이로하 거리 상점가엔 아케이드가 설치되어 있어서 추위를 피하기엔 안성맞춤이었다. 여기저기 장식된 조화가 꽃길에 활기를 준다.

'남자의 센스를 파는 ○ ○ ○ 양품점'이라고 적힌
노란 깃발이 팔락거리는 게 보였다. 왠지 쾌활한
느낌이다. 이 아케이드를 빠져나가면 튀김덮밥이
우리를 기다리고 있다.

튀김 가게의 위용에 놀라다

— 요시와라 도테 吉原土手

50

나미다바시가 있는 메이지 거리에서 노숙자들이
술잔치를 벌이고 있는 광장을 지나 이로하 거리
상점가 아케이드까지 왔다. 지금은 이미 문을 닫
은 '20세기 탕'이라는 이름의 공중목욕탕이 샛길
에 보였다. 고풍스러우면서도 현대적인 분위기로
잘 알려졌던 곳인데 입구에 베니어판이 붙어 있
어 안을 볼 수 없었다. 이 창틀, 문틀, 벽의 조각이
라도 부서지기 전에 좀 얻을 수 없을까? 왠지 아
쉬워서 사진에 담아본다.

　　아케이드를 빠져나오니 거리 폭이 넓어지면
서 시야가 확 트였고, 흐린 하늘 사이로 엷은 햇
살이 비쳤다.

　　오늘은 치카코 씨와 튀김덮밥을 먹으러 여
기까지 왔다. 그 유명한 요시와라도테의 이세야(伊
勢屋)가 바로 저기다. 이곳 튀김덮밥을 먹으려면 마
음의 준비가 필요하다. 남기지 않고 끝까지 먹을
수 있게끔 컨디션을 조절해둘 것. 점심때는 긴 줄
이 예상되므로 11시 20분까지 가게에 도착할 것.

방으로 안내될 가능성이 있으므로 구멍이 나지 않은 양말을 신을 것…….

가기 전부터 튀김덮밥 생각이 간절하여 어제 저녁에 그만 튀김덮밥을 먹고 말았다. 그 정도로 오늘의 튀김덮밥을 기대했다.

요시와라의 환락가가 바로 코앞인 이 부근에는 대체 어떤 상권이 형성되어 있을까? 구조로 보면 가게 형태이긴 한데 아무것도 팔지 않고 창고처럼 쓰이는 듯한 건물이 줄줄이 늘어서 있다.

"여기가 유명한 말고기 전문점이에요"라고 치카코 씨가 소개한다.

'원기왕성, 아로나민 C' 포스터를 붙여둔 가게는 오랜만에 본 것 같다. "그 옆이 이세야예요."

드디어 왔다. 그런데 입구에서 건물 벽을 따라 가게를 한 바퀴 빙 둘러싸듯 이미 긴 줄이 늘어서 있었다.

"튀김덮밥이 뭐예요? 줄 서서 먹을 만큼 맛있는 거예요?"라고 내 안의 고양이가 묻는다.

"맛있지 그럼. 새우랑 오징어가 들어 있어서 고양이는 못 먹겠다."

"흐음."

내 안의 고양이가 튀김덮밥에 대한 관심을 잽싸게 거둬들인다. 재미가 없어진 나는 "그래도 튀김옷은 먹을 수 있겠다"라고 슬쩍 던져보았다.

"기름에 튀겼어요? 기름 맛은 최고죠. 꺼내 놓은 프라이팬 날름날름 핥는 거 좋아해요. 한밤 중에 하루밍 씨가 잠들면 가스레인지에 몰래 올 라가서……"하고 말을 꺼냈다가 난처한 표정으 로 자기 몸을 핥는다.

그러는 동안에도 줄은 조금씩 앞으로 당겨 졌다. 치카코 씨가 미술관에 대임파전¹을 보러 간 이야기를 하면서 "어떤 여자가 '金泥'를 '긴도로' 라고 소리 내어 읽는 거예요. 괜히 화가 나더라 고요. '긴데이'도 모르면서 대임파전을 보러 오다 니"라고 떠드는데 우리 순서가 되었다.

1 大琳派展. '임파'는 17~18세기에 일본에서 유행했던 화파이다.

오징어 대신 조개가 들어간 튀김덮밥을 주문했다. 기다리는 동안, 가게 안을 둘러보았다. 창문을 자세히 보니 유리가 다양한 모양이다. 입구나 채광창의 유리 모양이 모두 달라서 빛이 불규칙적으로 반사되기 때문인지 어슴푸레한 그늘이 만들어져 있었다. 낮인지 저녁인지 알 수 없는 묘한 분위기다.

나는 스물한 살까지 튀김덮밥을 먹어본 적이 없었다. 혼자 살게 된 후에 국숫집에 갔다가 처음 먹어보았다. 어릴 적 만화나 드라마를 통해 튀김덮밥이 돈가스덮밥과 함께 덮밥의 양대 산맥을 이루는 요리라는 걸 알고 있었지만 먹어본 기억은 없다. 배달시켜 먹은 적도 없다. 할아버지 손을 잡고 소아과에 가는 도중에 늘 빈 그릇이 현관 앞에 놓여 있는 이발소가 있었는데, 나는 그게 배달시켜 먹은 흔적이라는 것도 몰랐을 정도다.

"왜 저 집 앞에는 항상 그릇이 놓여 있어요?"라고 할아버지께 물으니 "저건 죽은 사람의 그릇

이야. 사람이 죽으면 그 사람 그릇을 집 밖에다 내놓지"라고 말했다. 나는 그 이발소 앞을 지날 때마다 입구에 그릇이 있는지 없는지 확인했다. 왠지 보면 안 될 것 같았지만, 그래도 봤다. 그릇은 항상 나와 있었다.

'저 집은 사람이 계속 죽는데 괜찮나?'라고 걱정까지 했을 정도로 완전히 믿어버렸다. 그후 프랜시스 호지슨 버넷의 『비밀의 화원』을 읽고, 아, 그런 거였구나, 하고 납득했다. 주인공의 가족 모두가 콜레라로 갑자기 죽는 대목에서 이발소의 현관 앞 그릇들이 떠오르며 온몸에 소름이 돋았다. 그만큼 우리 집은 배달 음식과 인연이 없었다.

"치카코 씨는 튀김덮밥 언제 처음으로 먹어 봤어요?"

"우리 집은 거의 외식을 안 했어요." 여기까지는 나랑 같았다. "그래도 해마다 크리스마스가 되면 특별히 할아버지의 로터리클럽 뷔페에 가서 식사를 했어요. 어릴 때 로스트비프를 처음 맛본 곳도 거기였어요." 나는 차를 한 모금 꿀꺽 마셨다.

　　우리가 먹을 튀김덮밥이 테이블에 놓였다. 새우가! 붕장어가! 뚜껑 밖으로 비어져 나와 축 늘어져 있다. 뚜껑이 새우를 잡고 헤드락을 건 모양새다. 새우가 괴로워 보인다. 나는 감격한 나머지 아무 말도 않고 먹기부터 했다. 고추와 조개가 들어가니 벌써부터 위가 묵직해진다.

　　"나도 새우 괴롭히고 싶어요"라고 내 안의 고양이가 자꾸 조른다. 나만 맛난 걸 먹으니 고양이에게 미안했다. 고양이한테도 튀김덮밥을 먹이고 싶다. 하지만 새우와 오징어는 고양이에게 독이다.

　　"먹여봐"라고 내 안의 못된 고양이가 속삭인다. "새우를 먹으면 목 안쪽이 조금 찌릿찌릿한 게 느낌이 좋을 거야"라고 꼬드긴다. 고양이에게 진수성찬이란 개다래나무와 참치와 가리비와 넙치회와 게맛살과 품질 좋은 사료 등 총 여섯 종이지 튀김덮밥이 아니지 않은가?

　나는 못된 고양이의 꼬임에 넘어가지 않으려고 붕장어를 와작와작 씹어댔다. 그러다 도중에 속이 조금 안 좋아졌다. "어제 저녁에 튀김덮밥을 먹은 게 잘못이었나봐요"라고 변명하면서 이후로는 버섯 국물만 마셨다.

　가게 밖으로 나와서 돌아보니 이세야와 말고기 가게가 나란히 번쩍번쩍 빛나고 있다. 이세야의 간판에 새겨진 글자는 금빛으로, 말고기 가게 쪽은 '肉(고기 육)'이라는 글자만 분홍색으로 강조되어 있다. 거품 경제 시절의 옛 사람들은 요시와라의 환락가로 놀러 나왔다가 이곳에도 들러 신나게 먹었겠지? 이 거리의 집들이 이빨이라면 이 두 집은 금이빨이다.

　물 한 방울도 들어갈 여지가 없는 무거운 배를 안고 요시와라의 환락가 쪽으로 걷는데 창문에 철망이 달린 집이 보였다. 보통 방충망으로는 부족했던 걸까? 괜한 호기심에 안을 들여다보니, 내부가 3단으로 나뉘어 있고 가운데 단에 고양이가 앉아 햇볕을 쬐고 있다. 고양이 전용 특제 일광욕 선반이다.

자세히 보니 선반 안쪽에 틈이 있고 거기서 텔레비전 소리가 흘러나왔다. 그 틈 사이로 고양이 몇 마리가 연달아 드나든다. 오델로 게임에서 흰색과 검은색 돌이 차곡차곡 채워지듯 3단 선반에 고양이가 대각선으로 나란히 들어갔다. 잠시 후 모든 선반이 고양이로 꽉 채워졌다. 대체 이 집엔 고양이가 몇 마리나 있을까? 좁은 선반에 비좁게 앉은 고양이를 보는 동안, 내가 지금 굉장히 호사스러운 산책을 하고 있었다는 생각이 들었다. 고급스러운 튀김덮밥을 먹고, 고양이도 많이 보았다. 만족스러웠다. 아케이드 하나 건너 나미다바시에서 있었던 일들이 머나먼 옛날처럼 느껴졌다.

매화 구경 갔다가
고몬사마 黃門樣를 만나다

― 고이시카와 코라쿠엔 小石川後楽園

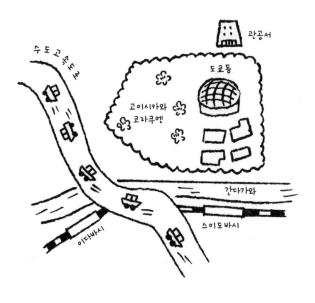

관공서

수도고속도로

도쿄돔

고이시카와
코라쿠엔

간다가와

이다바시

스이도바시

고몬사마[1]가 행차하는 날은 아무래도 붐빌 것 같아서 오전에 왔는데, 이미 문 앞에 관광버스가 몇 대나 서 있다. 버스에서 내린 아주머니들이 차례차례 문 안으로 빨려 들어간다. 아줌마들은 굽 높은 신발을 신지 않는다. 소재가 가죽과 비닐 중간쯤 되는 고무창 신발을 신고 쫄래쫄래 걸어간다. 이런 관광지 같은 데에선 모두 한 덩어리가 되어 걷는다. 같은 덩어리에 속한 사람끼리는 머리나 옷 스타일이 비슷하다. 칙칙한 색깔의 바지에, 툭툭한 점퍼. 비스듬하게 멘 숄더백 끈이 포대기처럼 가슴을 죈다.

누가 누구인지 분간할 수 없을 정도로 복장이 비슷한 것은 "어머, 그 옷 예쁘다. 나도 살까?"라며 서로의 옷차림을 칭찬하고 따라 하기 때문이다. 가방은 어깨에 걸치거나 등에 짊어지기 때문에 아줌마들의 양손은 늘 자유롭다. 그 손으로 무엇을 잡으려는 걸까?

---

1 에도시대를 배경으로 한 일본의 텔레비전 사극 중에 '미토 고몬水戸黃門'이라는 것이 있었다. 도쿠가와 미쓰쿠니德川光圀를 모델로 한 미토 미쓰쿠니水戸光圀가 주인공이다. 기본적인 이야기는 미토 미쓰쿠니가 수하 장수인 '스케 상', '가쿠 상'과 함께 전국을 유랑하며 부패한 관리들을 엄벌하는 것

　　고이시카와코라쿠엔은 도쿠가와 미쓰쿠니 시대에 완성된 운치 있는 정원으로, 공원 구석구석에 매화나무가 서 있다. '월궁전'이라는 이름표가 달린 하얀 매화나무만 집중적으로 접사하는 중장비 카메라를 든 아저씨도 있었다. 매화나무 외에도 머위, 복수초, 수선화가 피어 있어서 꼭 시골 논두렁길을 걷는 기분이다.

　　입간판을 보니, 코라쿠엔의 유래가 설명되어 있다. '(선비는 마땅히) 천하의 근심에 앞서 근심하고 천하가 즐거워한 뒤에 즐거워한다'라는 유학의 가르침에 따랐다고 한다. 미쓰쿠니란 사람, 의외로 소심했는지도 모른다.

　　올벚나무 앞에 빨간 양탄자가 깔려 있다. 그 옆에 고몬사마 의상 한 벌(겉옷, 조끼, 두건, 지팡이. 가짜 수염은 없었다)이 빈 껍질처럼 걸쳐 있다. 잠시 후 금발에 파란 눈, 하얀 수염을 기른 덩치 큰 외국인 남성이 다가와 그걸 입고 두건까지

인데, 쉽게 말해 우리나라의 '암행어사'와 비슷하다. 암행어사는 출두할 때 마패를 내밀지만, 고몬사마는 인롱을 내민다. 고이시카와코라쿠엔에서 해마다 열리는 매화 축제 때, 고몬사마 의상을 입고 기념 촬영을 하는 행사가 열린다.

쓰고 기쁜 듯 사진을 찍는다. 친구인 듯한 외국인 무리가 몰려오더니 그의 차림새를 보고 웃음을 터뜨린다.

　매점처럼 보이는 하얀 텐트에서는 매화 화분을 팔고 있었다. 팝콘처럼 생긴 하얀 꽃잎이 가지에 오밀조밀 달라붙어 있다.

　치카코 씨와 먀미코 씨가 "매화나무는 꽃이 다 피기 전에 가지를 쫑쫑 잘라야 내년에도 꽃을 잘 피운다죠?"라며 원예에 관한 대화를 시작했다. '쫑쫑 자른다'는 말을 듣고 내 안의 고양이가 몸을 부르르 떨며 다리 사이를 핥는다.

　"오호, 그렇구나. 그럼 화분의 매화가 예쁘게 핀 모습을 볼 수 있는 건 1년 중 며칠밖에 안 되겠네요"라고 나는 놀라서 큰 소리를 냈다.

　그러자 텐트 안에서 매화를 판매하던 여성이 성큼성큼 걸어 나와 "아뇨, 매화의 아름다움은 꽤 오래 간답니다"라고 못을 박는다.

'가쿠 상'인지 '스케 상'인지, 비슷하게 분장을 한 사람이 카세트를 잔디밭에 설치하고 찰칵찰칵 누르면서 테이프를 빨리 감았다가 되감았다가 한다. 고몬사마 의상을 차려입은 사람들이 나무그늘에 숨어서 순서를 기다리고 있다. 그걸 보고 구경꾼들이 하나둘 모여든다. 카메라를 든 아저씨들은 "고몬사마는 안 저렇지. 분장을 왜 저렇게 했나?"라며 경쟁적으로 아는 척을 한다.

"아저씨, 그 마음 잘 알아요. 이렇게 해줬으면 좋겠는데 내 생각이랑 다르게 하면 흥이 안 나요. 내 의견도 좀 고려해줬으면 좋겠어요"라고 내 안의 고양이가 주인에 대한 불평불만을 늘어놓았다. 네네, 미안하네요. 고양이는 이렇듯 의외로 까다롭다.

기절초풍할 만큼 이색적인 구도를 지닌 아웃사이더 아트도 사실은 어느 성실한 작가가 세운 규칙에 따라 그려지듯, 고양이에게도 고양이만의 규칙이 있다. "그 규칙 나도 좀 가르쳐줘"라고 내 안의 고양이에게 살짝 귓속말을 했다.

징지지지징지지지징, 하고 카세트에서 고몬사마의 주제곡이 자그마한 소리로 흘러나오기 시작했다. 카세트 세팅을 끝내고 빠른 걸음으로 자기가 설 위치로 가서 등을 쭉 편다. 고몬사마와 매화 아가씨들이 정원으로 나오니 카메라 아저씨들이 빙 둘러싸고 자리 쟁탈전을 벌인다. 나도 고몬사마를 가까이에서 보고 싶어 잽싸게 그 무리에 섞였다.

카메라 군단의 제일 앞줄에 우노 치요宇野千代를 쏙 빼닮은 아주머니가 넙죽 엎드려 있다. 아저씨들은 중장비 렌즈 카메라와 디지털 카메라와 보통 카메라를 목에 걸고 이것저것 바꿔가며 최고로 멋진 고몬사마의 모습을 사진에 담기 위해 서로를 밀친다.

"앞으로 좀 나와주세요! 나뭇가지 때문에 얼

인간을 놀이에 끌어들이려면 이렇게!

톡톡

살짝 두드려 돌아보게 한다.

잽싸게 당겨 주의를 끈다.

어, 안 오네?

큰 소리로 운다. 이런 경우도 있지만……

야아옹

그게 아니라고!!

배고프구나?

굴에 그림자가 생겨요!"라고 고몬사마에게 지시
를 내리거나, "지팡이를 옆으로 밀어보세요! 좀더
이렇게!"라고 포즈를 요구하는 사람까지 있다. 그
들은 아무래도 고몬사마를 존경하지는 않는 모양
이다. 울타리처럼 빙 둘러싼 사람들 뒤쪽에서 "찍
은 분들은 뒤로 좀 물러나세요"라는 목소리가 날
아든다.

어떤 아저씨가 사진을 다 찍고 물러나다 비
틀거리면서 내 손을 잡았다. 너무 갑작스러워 아
무 반응도 못했다. 그런데 미안하다는 말도 하지
않는다. 우노 치요를 닮은 아주머니는 어느새 접
시꽃 무늬 인롱[2]을 들고 고몬사마와 나란히 서서
활짝 웃으며 기념 촬영을 하고 있다. 그뒤로 줄을
선 아주머니들이 순서대로 인롱을 들고 포즈를
취한다.

모두 저 인롱을 들어보고 싶구나. 가슴을 젖
히면서 쑥 내밀어보고도 싶겠지. 월요일 여덟시

⠇

2 약 따위를 넣어 허리에 차는 타원형의 작은 합. (편집자)

69

드라마 때문에, 누구나 인롱을 들면 자기도 모르
게 앞으로 쑥 내밀고 만다. 아주머니들은 고몬사
마를 무척 좋아한다. 바닥에 신문지를 펴면 꼭 고
양이가 올라와서 방해한다는 걸 알면서도 그걸
기대하고 바닥에 신문을 펼치고 읽는 고양이 주
인처럼, 이 순간 반드시 고몬사마가 나타나리라
는 걸 알면서도 마음을 졸이며 지켜보게 되는 그
장면. 지금 나와야 되는데, 나와야 되는데, 하고
긴장하다가 그 장면이 펼쳐지면 그제야 마음이
안정된다. 정해진 대로 흘러가야만 안심한다. 설
령 텔레비전 속의 진짜 고몬사마가 아니라 어느
단체 회장이 고몬사마의 의상을 입고 인롱을 내
민다 해도……

　매화를 볼 땐 벚꽃을 볼 때처럼 마음이 확 열
리면서 즐거워지지는 않는다. 매화는 서서히 즐
거워진다. 정원 북쪽으로는 아무도 오지 않는데,
그래도 매화는 차분하게 하얀 꽃을 포동포동 피

위놓았다.

"이 인롱이 눈에 보이지 않느냐, 라는 대사를 오늘 하루 대체 몇 번 들었을까요?"라고 치카코 씨가 묻는다. "아줌마들 수만큼 들은 것 같아"라고 먀미코 씨가 대답했다. 연못 속의 잉어가 우리의 발소리를 들었는지 재빨리 수면으로 나와 입을 벌린다. 우노 치요를 닮은 아줌마가 찻집 앞 벤치에 걸터앉아 주먹밥을 먹고 있다. 주먹밥 안에 혹시 매실이 들었을까?

무릎을 꿇어라

마다가스카르 관에서 헛걸음하다

— 우에노上野

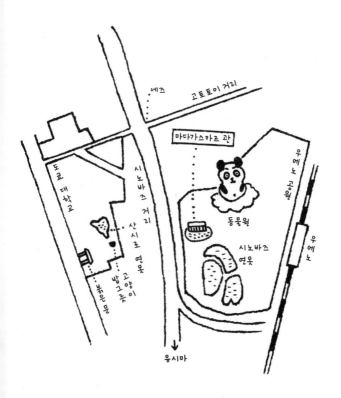

네즈

고토토이 거리

마다가스카르 관

도쿄 대학교

시노바즈 거리

산시로 연못

검은 고양이 관

노미하루

동물원

우에노 공원

우에노

시노바즈 연못

↓
유시마

어느 골목에서 우연히 만난 수수께끼의 고양이 신사가 알려주었다.

"도쿄대 캠퍼스 안에 고양이가 있어요."

하지만 없었다. 인터넷 고양이 정보 사이트 에서 산시로三四郎 연못 부근에 있다는 글을 읽었 기에 한번 가보았으나 고양이는 좀처럼 눈에 띄 지 않았다. 검은 정장 차림의 성실해 보이는 여자 가 바위 위에 홀로 앉아 도시락 먹는 걸 본 게 다 였다.

'산시로' 하면 나쓰메 소세키이고, '나쓰메 소세키' 하면 데이코쿠帝国 대학이다. 게다가『나 는 고양이로소이다』라고 선언한 바 있고, 아드님 은『고양이의 무덤』이라는 수필까지 썼다. 왠지 나쓰메 소세키의 영혼이 가까이 있는 듯한 느낌 이다. "지금 나, 나쓰메 소세키로 빙의한 것 같아" 라고 하면, 이 사람, 배가 많이 고픈가보네, 라고 하겠지?

연못을 지나 도쿄대 병원 쪽으로 가니, 낡은

창고 같은 건물 앞에 고양이 밥그릇이 놓여 있었다. 그릇에 먹다 남은 음식 찌꺼기가 달라붙어 있어 지저분하다. 이거 언제 먹었던 건가요? 고양이는 어디 갔나요? 캠퍼스 안에는 큰 차도 지나다니지 않고, 무시무시한 사람도 없을 것 같고, 숨을 곳도 많고, 고양이가 살기에 딱 좋은 장소라서 반드시 있을 거라 생각하고 왔는데. 오늘은 고양이 여신인 먀미코 씨도 함께 왔는데.

도쿄대에서 빠져나와 시노바즈 연못不忍池으로 갔다. '시노바즈不忍'라는 한자를 보고 도대체 무엇을 안 참는다는 건지 여기서 생각해보려고 했는데, 그냥 됐다! 시노바즈 연못 부근에 가면 고양이가 많이들 졸고 있으리라는 걸 나는 안다. 저녁이 되면 밥을 얻어먹으려고 매점 식수대로 모인다는 것도 안다. 그러고 연못의 물새를 바라보면서 명상에 잠기는 모습도 본 적이 있다. 그때 그 고양이들은 어떻게 지내고 있을까? 가는 길에 들르고 싶지만 배가 고프니 그만둔다.

우에노上野 동물원 수족관 앞에 이르렀다. 어릴 때는 '수조깐'이라고 발음했다. 동물원 안에서도 조금 조용한 외진 곳에 있었다. 어둡고 축축한 존재는 동물원 중앙이 아니라 구석에 있는 게 풍수적으로 좋다고 도쿠가와 일가가 판단한 걸까?[1]

그 수족관 옆에 현재 건축중인 건물이 있었다. '마다가스카르 관'이라 적혀 있다. 마다가스카르라면 야생동물을 좋아하는 커플이 신혼여행으로 가고 싶은 곳 1위로 손꼽는 인도양의 그 섬이 아닙니까! 아이아이원숭이, 카멜레온, 난쟁이여우원숭이들이 자유롭고 건강하게 살아가는 섬. 그 마다가스카르 관이 시노바즈 연못 옆에 만들어지고 있다. 왜 하필이면 마다가스카르인가, 라는 새로운 의문이 머릿속에서 소용돌이쳤다.

내가 마다가스카르 관의 건축 표시판을 자세히 들여다보고 있으니, 옆에 있던 고양이 여신 먀미코 씨도 눈을 초롱초롱하게 뜨고 표시판을

⋮

1 우에노 동물원 남쪽에 있는 도쇼구東照宮라는 신사에 도쿠가와 이에야스德川家康가 모셔져 있다.

보러 다가왔다. 먀미코 씨는 고양이도 좋아하지만 펭귄도 좋아한다. 언젠가 펭귄을 보러 남극에 가겠다고 하는 사람이다. 먀미코 씨의 머릿속에서 지금 남극과 마다가스카르가 일직선으로 연결되었다. 머나먼 섬까지 바다를 넘어간다는 설렘. 특이한 생물을 마음껏 볼 수 있다는 흥분. 남극을 애타게 그리는 마음처럼, 마다가스카르에 대한 기대도 똑같이 품게 되었으리라.

어딘가 섬으로 떠나고 싶다. 고양이가 많은 섬에 가서 한동안 지내고 싶다. 고양이들 틈에 조용히 섞여, 인간 이외의 동식물과 함께 작은 섬의 구성원이 되는 것이다. 그러려면 좋은 카메라가 있어야 하는데.

섬이라고 하니, 여름휴가 때 버뮤다 섬으로 여행을 떠난 친구 생각이 났다. 마의 해역 상공에서 갑자기 소멸되면 어쩌나 걱정했는데 최근 믹시[2]에 로그인한 걸 보니 무사히 돌아온 모양이다.

2 mixi. 일본의 인터넷 커뮤니티 사이트.

마다가스카르 관 완공은 예정보다 약간 늦어질 것 같다. 우에노 공원에서 쫓겨난 비둘기가 복수하는 건지도 모른다. 먀미코 씨와 나의 동공이 마다가스카르 관 때문에 활짝 열렸다.

야나카谷中에 내가 가고자 하는 메밀국수 가게가 있다. 고양이를 좋아하는 마을로 잘 알려진 곳이다. 상점가 곳곳에 고양이 조각상이 장식되어 있을 정도로 인간과 고양이가 사이좋게 지내는 마을. 좋은 일도 있지만 그렇지 않은 일도 이따금 생기는 마을. 골목도 굉장히 많다.

앗! 왜 길에 커다란 콩찰떡이 떨어져 있는가! 하고 놀라서 자세히 보면, 연립주택 앞에서 문이 열리기를 기다리는 고양이였을 때가 많았다. 그런데도 이날은 한 마리도 보지 못했다. 날씨도 맑고 따뜻한데. 고양이 여신인 먀미코 씨도 있는데. 골목길도 많은 상업 지역인데. 예비 조사도 완벽했는데. 정말이지 여기까지 꽤 먼 거리를 걸었다.

마미코 씨가 "아, 방금 까만 물체가 지나갔어요"라고 말한 게 딱 한 번이다. 고양이 농도가 높은 이런 마을에서 낌새만 살짝 느끼다니 도무지 납득이 안 되었다.

땅속으로 흐르는 아이조메가와藍染川 위를 걷다보니 어느덧 목적지였던 메밀국수 가게에 도착했다. 국수를 후루룩거리며 "한 번 결혼해본 사람은 두 번이고 세 번이고 계속 하는데, 왜 나는 한 번도 못 하는 거지?"라고 한탄했다.

"안녕하세요." 내 안의 고양이가 느릿느릿 일어난다. "오늘은 고양이를 못 만났군요. 헛걸음하고 말았네요. 이런 날도 있지요. 나도 그 오리고기 들어간 국수 좀 주세요"라면서 우아한 몸짓으로 털을 다듬는다.

"고양이 데리고 오면 한입 주지." 나는 무시하고 계속 먹었다.

　"하루밍 씨, 잊었어요? '도쿄대 캠퍼스 안에 있다는 말을 들었는데 구체적인 장소는 모르겠어요. 애매한 정보만 갖고 찾아다니는 것도 꽤 재미있잖아요'라고 치카코 씨한테 직접 메시지를 보낸 게 누군데요? 그리고 연애요? 나는 잘 모르지만, 어떤 일이든 자기 생각대로 다 되진 않아요. 그래서 우리는 생각이란 걸 잘 안 해요. 따뜻한 밤에 지붕 위로 올라가고 싶을 뿐이에요. 하루밍 씨도 한번 올라와볼래요?"

　이 못된 고양이 같으니라고. 그런데 지붕 위라니, 제법 상쾌할 것 같다. 마을 풍경이 어떻게 보일까?

　"하루밍 씨는 또 그런 생각이나 하고…… 이런 여자 좋아해줄 멋진 남자, 어디 없나요?"라며 먀미코 씨가 웃는다. 조용히 시간만 흐른다.

아사쿠라 朝倉 조각관에 단단한
고양이가 있다 — 야나카 谷中

84

지난 며칠간 집에 틀어박혀 조신하게 일만 했다. 아무하고도 만나지 않는 동안, 요일 감각이 무뎌져 버렸다. 오늘은 오랜만에 밖에서 사람을 만난다.

몸치장을 하는데 엄마에게서 전화가 왔다. "너, 집에 있었어? 전화를 안 받아서 죽은 줄 알았 잖아!" 나는 수화기를 귀에서 조금 떼어냈다. "있 었어요. 계속." 오랜만에 말을 하니 혀가 잘 움직 이지 않았다. 전화를 끊고 양치질을 한다. 입 안쪽 이 굳어서 벌리기도 힘들다. 생각해보니 요즘 내 입은 쌀밥과 반찬과 껌을 씹거나 커피를 한순간 머금는 일만 담당하고, 그 외의 역할, 즉 말을 하 는 용도로는 사용하지 않았다. 그런데 오늘 치카 코 씨를 만난다. 기쁘다. 누군가와 함께 밥을 먹는 다. 굉장히 기쁘다.

점심때가 되기 전에 야나카의 아사쿠라 조 각관으로 향했다. 4월부터 보수공사 기간에 들어 가 향후 4년간 휴관한다고 하여 늦기 전에 관람 하기로 한 것이다.[1]

⋮

1 지금은 보수공사가 끝나고 2014년 3월에 오픈했다.

정문에서 치카코 씨와 만나기로 했는데 너무 일찍 도착했다. 이 근처에 우유팩으로 만든 집이 있다는 말을 들은 적이 있어서 찾아보았지만 없었다. 다시 돌아오니 약속 장소에 치카코 씨가 서 있었다. "아, 치카코 씨, 안녕하세요"라고 인사하려는데 여전히 입이 잘 벌어지지 않았다.

공중목욕탕에서 보던 것과 비슷한 신발함에 구두를 넣고 건물 안으로 들어간다. 천장이 높은 아틀리에에 거대한 오쿠마 시게노부[2] 동상이 가슴을 펴고 우뚝 서 있다. 고개를 들고 위를 보니, 여러 가닥의 실이 달린 사각모를 썼다. 이치카와 단쥬로[3]와 후타바야마[4]를 본뜬 흉상도 있었다. 본인을 직접 보면서 조각했을까? 그럴 땐 역시 모델료를 줄까? 후타바야마와 단쥬로를 일정 기간 독점하고 조각하다니, 어마어마한 부자인 모양이다. 후타바야마의 가슴팍이 생각보다 납작한데, 원래 이런가?

:

2 와세다 대학의 전신인 도쿄전문학교를 설립한 일본의 정치가.
3 市川團十郞, 유명 영화배우.
4 双葉山, '스모의 신'이라 불리는 옛 스모 선수.

응접실에는 아사쿠라 후미오朝倉文夫가 후타바야마를 위해 특별 주문하여 선물했다는 소파 사진이 걸려 있었다.

"옛날 예술가들은 부자였어요. 구로다 세키黒田清輝는 아자부麻布에 5천 평이나 되는 집이 있었대요"라는 치카코 씨의 말을 듣고 내 속이 조금 후련해졌다.

생각나는 이야기가 있다. 젊은 화가의 그림을 완성되기도 전부터 사는 걸 낙으로 여기는 유한마담이 "예술가는 행복해선 안 돼, 자동차 같은 건 가지면 안 되는 거야"라는 말을 태연하게 내뱉기에, "그러면 안 된다는 법은 없다고 생각해요. 가난해야 진정한 예술가라고 한다면, 일본인 화가가 유랑 화가의 삶을 동경하여 파리까지 건너가……"라고 되받아치고 싶었는데 정확한 지식이 없어서 제대로 말도 못하고 분한 마음에 발만 동동 구른 기억이 있다. 치카코 씨에게 그 이야기를 들려주려는데 무슨 내용부터 꺼내면 좋을지 몰라

머리가 어수선했다. 생각이 말로 표현되지 못하니 더 피로했다.

"훌륭한 정원이네. 저 바위가 특히 멋지다"라고 연못이 있는 안뜰을 바라보며 아주머니가 남편에게 말했다. "일부러 갖다놨나?" "저렇게 큰 걸?" "그럼 원래 있던 건가?" "혹시 후타바야마가 들고 온 거 아냐?"

현미경 속의 백혈구처럼 생긴 바위는 한 사람이 드러누우면 딱 좋을 크기이다. 매끈매끈하고 부드럽다. 움푹 팬 곳에 들어가 앉아 일광욕할 때의 기분을 상상해보았다. 연못 너머로 일본식 방이 보인다. 출입금지라서 들어갈 수는 없다. 안을 들여다보고 싶었지만 어두워서 잘 보이지 않았다. 모르는 사람이 내 방을 몰래 기웃거린다면 어떤 기분이 들까?

예전에 온실이었던 방은 고양이 조각상으로 장식되어 있었다. 모두 다른 포즈를 취한 고양이

가 받침대 위에 하나씩 놓여 있다.

"나 이거 보려고 왔어"라며 고양이 이마를
쓰다듬는 사람도 있었다.

수많은 손님이 만지니 고양이 조각상 이마
에서 빛이 난다. 아사쿠라 후미오는 고양이를 무
척 좋아했던 모양이다. 야나카에서 살았던 이유
도 혹시 고양이가 많은 마을이기 때문이었을까?
내 안의 고양이가 "언제까지 고양이 중심으로 생
각할래요? 야나카에 형님이 살았기 때문이거든
요. 거기서 조각도 배웠잖아요"라고 나무란다.

그렇구나, 그렇다면 분명 형이 고양이를 좋
아했겠구나. 고양이 동상을 앞에서 보고 뒤에서
도 본다. 이 생물을 영원히 잃고 싶지 않아서 동
상으로 만들자는 생각을 하게 되는지도 모른다.
줄곧 이곳에 있어주길 바라는 마음으로 단단하게
굳히는 것이다.

"나도 동상으로 만들고 싶어요?"라고 내 안
의 고양이가 걱정스러운 듯 중얼거린다.

그런 생각은 한 적도 없다. 이 순간 안개 낀
내 머릿속에 떠오른 건 애니메이션 〈쟈린코 치에〉
에 나왔던 고양이 안토니오. 도박상 사상의 오른팔
이었던 최강의 고양이. 사후에는 정성껏 박제되었
고, 사장은 늘 곁에 두며 안토니오의 공을 칭송했
다. 나는 박제 기술자 할아버지가 만든 고양이 표
본을 가까이에서 볼 기회가 있었는데, 들어보니 너
무 가벼워서 눈물이 났다. 눈동자를 진짜처럼 보이
게 만들려고 정성을 다한 부분에서 특히 뭉클했다.
여기 있는 고양이 조각은 살아 움직이는 고양이를
순간적으로 재빨리 찍어낸 것 같다. 행복한 가족의
스냅사진처럼 보였다.

슬리퍼를 벗고 옥상으로 올라가니 커다란 나
무들이 심어져 있다. 뿌리는 어떻게 되어 있을까?
옥상 난간에 기대어 아래 세상을 내려다본다. 집
과 집 사이에 묘지가 있다. 묘비들이 욕실 타일처
럼 이어져 있는데, 아마 저 틈 사이에도 고양이가

우리에겐 이런 규정이 있어!

인간이 화장실에
들어가면 반드시
확인하러 갈 것.

야옹

인간이 목욕을
하고 있으면
반드시 밖에서
부를 것.

야옹

매일 반복하면,
인간은 말하지
않아도 화장실
문을 연 채로
볼일을 보고,

한겨울이라도 욕실 문을
연 채로 목욕을 하지.
이러면 쉽게
들락날락할 수 있어!

자고 있을 것 같다. 맞은편 아파트 베란다에 할아
버지가 나와서 청소기 필터를 탁탁 턴다. 먼지가
두둥실 바람을 타고 날아오른다(이불을 베란다에
널어둔 아래층 사람은 이 사실을 모르겠지).

2층짜리 아파트 현관문 부근에 깜짝 놀랄 장
면이! 고양이가 있다. 하얀색에 엷은 갈색이 드문
드문 섞인 얼룩 고양이. 밸런스 가마라고 하던가?
욕실의 홉배기용 은색 통 위에 올라가 있었다. 훌
륭하다! 똑똑하다! 배기 열 때문에 거기가 따뜻하
다는 걸 아는구나. 2층이니 우연히 지나가던 고양
이는 아닐 테고. 그렇다면 저 집주인은 늘 이 시
간에 목욕물을 데우는구나, 라는 게 오늘 아사쿠
라 조각관에서의 발견.

수상한 가게에서 배불리 먹다
—
야나카 谷中

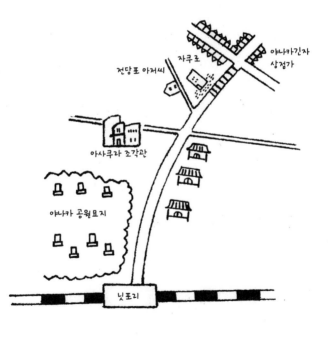

야나카긴자
상점가

자쿠로

전당포 아저씨

아사쿠라 조각관

야나카 공원묘지

닛포리

내가 태어난 지방은 겨울만 되면 텔레비전에서 '왕코소바¹ 대회'에 관한 뉴스가 흘러나왔다. 만약 아버지가 이 뉴스를 보고 "우리 가족도 왕코소바 대회에 한번 나가보자"라고 했다면 나는 아마 가출했을 것이다.

어릴 때 나는 '왕코소바'를 굉장히 무서워하며 살았다. 왕코소바에 적합하지 않은 특징을 골고루 갖춘 아이였기 때문이다. 나는 위장이 약하다. 외식하면 돌아오는 길에 반드시 토한다. 나온 음식은 모두 먹어야만 하는, 개 같은 성실성. 거절을 잘 못하는 성격. 그런데 왕코소바 대회는 어떤가? 얼핏 보면 굼뜰 것 같은데 알고 보면 동작이 굉장히 빠른 뚱뚱한 아주머니가 머리에 수건을 쓰고 등뒤에 서서 내 그릇 안을 호시탐탐 노리다가, 내가 국수를 입에 넣어 그릇이 비면 마치 기계처럼 정확하게 국수를 차르륵 던져 넣어준다. 어디 사는 누구인지 모르는 아주머니가 싱글벙글 웃으며 나에게 국수 먹기를 은근히 강요하는 무

⋮

1 작은 그릇에 한입 분량의 메밀국수가 나오고, 다 먹으면 옆에서 계속 리필해주는 형식으로 서비스된다.

시무시한 경기. 그게 내가 아는 왕코소바 대회다.

지금 여기서 토하면 웃음거리가 될 게 뻔하다. 이제 그만! 하고 말하지 못하는 나는 눈물을 머금고 입안의 국수를 삼키려 애쓰면서, 손에 든 그릇과 아주머니의 얼굴을 번갈아 본다. 점점 속이 안 좋아지면서 몸이 부들부들 떨린다. 텔레비전을 보며 이런 장면을 상상했는데, 아버지가 왕코소바에 관심이 없어서 얼마나 다행인지. 왕코소바 대회에 다짜고짜 끌려간 친구들에게 심심한 위로의 말씀을 전합니다.

아키타 현의 나마하게[2]는 또 어떤가? 나마하게 역시 아이들에겐 재앙이다. 이 지방에서 태어나지 않아 정말 다행이다(지금은 조금 재미있을 것 같다는 생각도 든다). 왕코소바와 나마하게 외에 내가 또 무서워한 것은 새 학기가 되어 반이 바뀌는 것, 민요 장단 맞추기 그리고 출산.

⋮

2 12월 31일 그믐날 밤에 귀신의 탈을 쓴 청년들이 짚으로 만든 도롱이를 입고 손에 식칼과 나무통을 들고 "우는 아이 없나?" 하고 외치며 집집마다 돌아다니는 전통 민속 행사이다.

우리의 처세술을 전수하겠습니다.

① 센 녀석이
왔다.

② 으쌰

살짝 이동

③ 눈을 맞추지
말라.

일정한 거리를 유지하는 게 중요하다!

닛포리日暮里에 있는 'ZAKURO'라는 레스토랑에 갔다. ZAKURO는 터키, 이란, 우즈베키스탄 요리를 제공하는 가게인데, '다 먹을 수 없고 다 마실 수 없는 코스'와 벨리댄스로 유명하다.

ZAKURO 건물 입구에 고양이가 모여 있었다. 땅에는 인공 잔디가 깔려 있다. 늘 자고 있던 커다란 고양이가 오늘은 보이지 않았다. 고양이가 쥐어뜯어놓은 부분으로 땅이 얼굴을 내밀고 있는데 아무도 신경을 쓰지 않는 모양이다.

계단으로 올라가 신발을 벗었다. 바닥에 페르시아 융단이 깔려 있다. 색색의 부드러운 천이 매달려 있거나 드리워져 있거나 천장을 뒤덮고 있어서, 공간 전체를 폭신하게 감싸는 느낌이다. 카펫 위에 문짝 크기의 판이 놓여 있고, 그 판이 그대로 테이블이 되었다.

다리를 뻗고 카펫 위에 앉았다. 꼭 시골 할머니 집에 놀러 온 것 같은 기분이었다.

잘 먹었슙.니.다……

1천 엔짜리 '배 꼬르륵 코스(행복 런치)'라
는 걸 주문했다.

요리가 나오기 전에 시나몬 티와 석류 주스
가 나왔다. 카레(양고기), 카레(병아리콩), 난, 채
썬 양배추, 라임을 통째로 익힌 수프, 피클 두 접
시, 길쭉한 쌀로 지은 밥, 사모사, 달콤한 크로켓,
중동 지역의 빈대떡 같은 요리, 무화과 맛탕이 연
이어 나온다.

가게 주인인 A씨가 "아가씨, 왜 그렇게 예
뻐? 생머리가 잘 어울리네"라며 웃는다. "감사합
니다."

옆자리 남자 손님이 "늘 써먹는 대사예요."
하고 끼어들었다. A씨가 "우즈베키스탄 남자가
일본 남자보다 여자한테 잘해주죠?"라고 말하니
옆자리 남자가 난처한 얼굴을 한다. 함께 있던 여
자 손님이 "그럴지도 모르지만, 밖에서만 잘해주
죠?"라고 일행인 남자 편을 들었다. A씨가 쌍권총
을 든 황야의 건맨처럼 휙 돌아서더니 "나는 지금

당신이 만든 소고기감자조림을 먹고 싶다"라고 마치 교과서 읽듯 또박또박 말한다.

나는 양고기를 씹으며 이 A씨의 연기에 어떻게 반응해야 할지 생각했다. 뭐라고 받아치는 게 좋을까? 무슨 말이든 해야 분위기도 살고 좋을 것 같은데, 나는 순발력이 떨어져서 재치 있는 농담을 생각하기도 전에 A씨가 다음 농담으로 넘어가 버릴 게 뻔했다.

"센스 있는 농담을 하고 싶겠지만 무리예요. 하루밍 씨는 고양이한테 재롱부리는 기술을 배우는 게 좋겠어요. 우리는 수동적으로 노는 방법을 잘 알고 있죠. 능숙하게 받아넘기는 비결을 다음에 내가 가르쳐줄게요."

내 안의 고양이여, 그 가르침 고맙게 받겠네. 나는 농담을 진지하게 받아들이거나 극단적으로 위악적인 태도를 취하는 바람에 분위기를 얼어붙게 만들기 일쑤라서, 사교성을 키우려고 노력하다가 오히려 실패했던 경험이 많았다. 나 자신을 건물에 비유하자면, 초석은 사교성이 떨어지는 부분이라 할 수 있었다. 거기서 출발하여 단단한 콘크리트로 살을 붙인 게 나라는 인간이다. 노는 법을 아는 고양이가 부럽다고 생각한 순간, 갑자기 우울해져서 포크를 내려놓았다. 그러나 나는 말입니다, 여기 밥을 먹으러 왔지 나 자신을 찾으러 온 게 아니란 말이죠.

아기가 뛰어다니고 있다. 카펫 위에서 뛰는 게 재미있는 모양이다. 다 먹고 돌아가는 손님에 휩쓸려 같이 밖으로 나가려 한다. 아기 엄마가 급히 일어나서 데리고 왔다. 아기가 넓은 홀 한가운데를 뒤뚱뒤뚱 걷는다. 아빠 어깨에 기대려다가 요리에 머리를 콕 처박았다. 작은 접시 위에 엎드려버렸다. 몸을 일으키니 갓파[3] 같았다.

손님은 A씨의 농담을 즐기고, 요리도 남김없이 먹고, 떠들썩하게 돌아갔다. 도중에 화장실에

3 일본 민담에 나오는 어린애 모양을 한 전설 속의 동물.

다녀온 나는 그다음부터 나오는 요리를 새로운 기분으로 모조리 먹어치웠다. A씨가 "아가씨, 그런 음식을 잘도 먹네요"라고 말하니, 여종업원이 "자기 가게 요리를 잘도 깎아내리네요"라고 핀잔을 준다.

배를 문지르며 가게에서 나왔다. 언덕길에 이젤을 세우고 계단을 스케치하는 어르신들 수가 올 때보다 늘었다. 아아, 이 빵빵해진 위를 어쩌지? 넘치지 않게끔 되도록 위를 보고 걷는다.

내 안의 고양이가 "풀을 씹으면 속이 개운해져요. 우리는 늘 그렇게 해요"라며 가게 입구 부근의 땅을 가리켰다.

그거, 인공잔디거든?

고양이 마을에서 고양이 가이드가 되다 — 네즈 根津

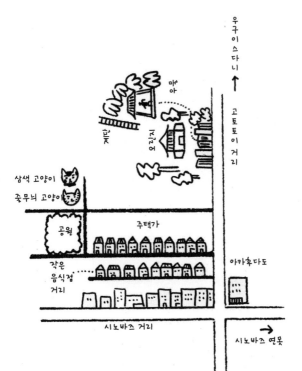

우구이스다니 ↑

고토토이 거리

마야

지로

창고

삼색 고양이
줄무늬 고양이

공원

주택가

작은
음식점
거리

아카훈다도

시노바즈 거리

시노바즈 연못 →

지하철 네즈 역 개찰구를 빠져나와 지상으로 나
오니 자동차가 빗물을 튀기며 슝슝 달리고 있었
다. 비가 막 그친 후라서 땅은 아직 젖어 있었고
도로 가에도 흙탕물이 흥건하게 고여 있었다. 인
도 난간에 손을 대니 빗물 때문에 미끈했다.

　　영화 〈나는 고양이 스토커〉가 완성되어서
원작자인 나를 취재하고 싶단다. 영화홍보회사의
N씨와 잡지사 두 분을 길고양이가 있는 골목으로
안내하기로 했다.

　　"하루밍 씨, 오늘 고양이 마을을 확실히 안내
하도록 합시다. 나도 도울게요"라고 내 안의 고양
이가 어깨에 올라앉았으며 의욕을 불태운다. 오늘
나는 고양이 여행사에서 나온 가이드이다. 버스
안내양과 똑같은 유니폼을 입었다. 가슴에는 자랑
스러운 고양이 여행사 배지, 팔에는 멋진 완장, 손
에 든 금색 삼각기가 번쩍번쩍 빛난다. N씨나 잡
지사 사람에겐 보이지 않는다. 그들의 눈엔 보통
정장을 입은 듯 보일 것이다. 물론 마을 사람에게

도 보이지 않는다. 오직 고양이에게만 보인다.

"저쪽에 좋은 데가 있어요." 큰길 건너 두번째 골목에서 왼쪽으로 꺾으면 공원이 나온다. 이부근은 영화감독인 스즈키 다쿠지鈴木卓爾 씨와 '고양이 스토커의 노래' 가사를 생각하면서 걸어 다녔던 곳이다. 옛날식으로 지은 작은 요리점 근처였던가? 호랑이처럼 느릿느릿 걷는 소용돌이무늬 고양이를 만났고, 현관 앞에서 밥그릇이 나오기를 차분하게 기다리는 고양이도 만났다. 그런 분위기의 제법 괜찮은 골목길이었으므로 취재를 한다면 이 부근으로 해야겠다고 미리 정해두었다. 이렇듯 나는 현명한 판단력을 지닌 고양이 가이드이다.

공원에 왔다. 영화 촬영을 하던 시기엔 붉게 물든 나뭇잎이 팔랑팔랑 떨어지더니 오늘은 나뭇잎들이 황록색으로 무성하게 자라 있다.

나는 진달래 밭을 손가락으로 가리키며 "이

안에 고양이가 있었어요. 그 고양이도 영화에 나와요. 주인은 자기 고양이가 영화에 나오는 걸 모르겠지요"라고 설명했다. 내 가슴에 붙은 고양이 여행사 배지가 자랑스럽게 번쩍 빛났다. 카메라를 든 잡지사 사람이 진달래 밭을 사진에 담기 시작했다. 영화를 촬영하는 동안에는 촬영 부대 여러분 모두가 숨죽이고 고양이의 움직임을 지켜보았던 곳인데, 오늘 보니 특별할 것도 없는 평범한 진달래 밭이다. 하지만 그 영화에 애착이 있는 사람에겐 단순한 진달래가 아니다. 다른 사람에겐 어디를 어떻게 봐도 그저 수많은 진달래 중 하나일 뿐이지만…… 왠지 조금 안쓰럽다.

공원의 흙은 비가 막 그친 참이라 촉촉하게 젖어 있었다. 이렇게 선뜩하고 습한 공기 속으로는 고양이도 산책 나오기 싫을 것이다. 진달래 사진을 찍어준 대가로 "비가 그쳤으니 햇살이 비치면 고양이도 나오고 싶겠지요"라고 긍정적인 해설을 덧붙였다. 땅이 조금 더 마르면 고양이가 나타나줄 것 같은 예감도 들었다.

　오후 4시를 앞둔 시각. 구름이 옅어지면서 하늘색이 보이기 시작했다. 햇살이 어렴풋이 비치며 발밑의 공기가 조금씩 따스해졌다.

　어느 집 현관 앞에서 짙은 갈색 줄무늬의 어린 고양이가 삼색 고양이에게 교류를 제안하고 있는 모습을 발견했다.

　"알겠어요? 지금 내 부하가 되지 않겠느냐고 꼬드기는 거예요"라고 내 안의 고양이가 말했다. 마치 작품 해설 이어폰이라도 끼고 있는 것 같다. "저기 보세요, 줄무늬 고양이가 삼색 고양이를 꼬드기고 있네요"라고 잡지사 사람에게 동시통역을 해주었다.

　줄무늬 고양이는 가늘고 긴 눈에, 몸은 날씬하지만 근육이 단단해 보였다. 삼색 고양이는 빨간 목걸이를 하고 있으니 아마 집에서 기르는 고양이일 것이다. 줄무늬 고양이는 삼색 고양이가 놀이 상대로 부족했는지 내버려두고 공원 쪽으로 걸어갔다.

나는 "이쪽이에요"라고 세 사람을 향해 금색 깃발을 흔들었다. 줄무늬 고양이가 능선 같은 등뼈를 움직이며 낡은 집과 아파트 사이로 난 길을 골목대장처럼 누빈다. 나는 그 씩씩한 자태를 세탁기 옆에 숨어서 지켜보며 "역시 잘난 고양이는 다르네"라고 중얼거렸다.

"하루밍 씨는 고양이 보는 눈이 없네요. 고양이 세계에서는 얼굴이 커야 멋진 거예요"라고 내 안의 고양이가 혀를 찬다.

대장이 낡은 집 앞까지 와서는 갑자기 경직되어 멈춰 섰다. 군자란 화분 그늘에서 대장을 압도할 만한 크기의 검은 고양이가 노려보고 있었던 것이다. 서로 견제하는 모양이다.

"알아요? 고양이는 눈이 마주치면 끝장이에요. 딱 멈춰서 움직이지 않지요? 고양이 눈에서 거미줄 같은 끈적끈적한 실이 방출되어 단단히 묶어버리거든요. 애초에 눈이 마주치지 않도록 조심하거나, 만약 질 것 같으면 쏜살같이 도망가는 편이 좋아요"라고 내 안의 고양이가 고양이 눈에 관한 비밀을 소곤소곤 알려주었다.

　나는 N씨와 잡지사 사람에게 "고양이가 저기서 굳어버렸지요? 커다란 고양이가 노려보니까 움직일 수 없게 된 거예요"라고 간추려 설명했다. 잡지사 사람이 재빨리 앞으로 나가서 두 고양이의 눈싸움을 사진에 담았다. 큰 고양이가 "야옹" 하고 울 때마다 대장은 점점 위축되면서 작아졌다. 대장의 계급이 삼색 고양이와 큰 고양이 사이의 어느 지점에 존재한다는 사실이 확인되었다. 대장은 더이상 견디기 힘들었는지 낡은 아파트 옆을 지나 골목의 막다른 곳에 위치한 집의 담 틈으로, 고양이의 사전에는 불법 침입이라는 단어가 없다는 걸 몸소 보여주듯 미끄러져 들어갔다. "고양이는 참 멋져요. 자신에 대해 잘 아는 동물이랄까?"라고 N씨가 말했다.

감색 점퍼를 입고 머리카락을 리젠트Regent
스타일로 빗어 넘긴 중년 남자가 낡은 아파트 계
단을 뛰어 올라간다. 눈빛이 날카로운 사람이었
다. 그 집으로 허리가 굽은 할머니와 할아버지가
뒤이어 들어간다. 잠시 후 흰 턱수염을 기른 도인
처럼 생긴 할아버지가 같은 집에서 나와, 양손으
로 난간을 잡고 천천히 천천히 빵 반죽을 방망이
로 미는 듯한 자세로 계단을 내려왔다. 곧이어 할
머니 두 사람이 내려와서 우리 앞을 지나 공원 쪽
으로 모습을 감췄다. 이 아파트에서 지금 무슨 일
이 일어나고 있는 걸까? 이 집엔 대체 방이 몇 개
있을까? 닫힌 문을 한동안 다 함께 올려다보고 있
었다.

아까보다 하늘의 파란 부분이 넓어졌다. 노
인이 차례차례 빨려 들어간 아파트 1층에서 한
아주머니가 고양이 그릇에 밥을 준비해주고 있
다. 어떤 이는 비가 그쳤다고 정원수를 손질하러
나오고, 또 어떤 이는 자전거 커버를 벗기고 밖으

로 달려 나간다. 골목으로 밀려나온 화분의 초목
이 무성하게 자라서 낡은 목조 가옥 틈으로 잠입
하려 한다. 옥상의 빨래 건조대에 까마귀가 훨훨
내려앉아 목을 획획 흔들며 저녁 시간의 활동 계
획을 세우고 있다.

"이제 영화에 나온 우물을 보러 갈까요?"

N씨와 잡지사 사람에게 고양이의 계급 세계
를 보여주어 뿌듯했다. 나는 다시 고양이에게만
보이는 금색 깃발을 흔들며 걷기 시작했다. 그러
나 나는 그 우물이 있는 장소를 까맣게 잊어버렸
다. 마치 꿈속처럼 아무리 걸어도 목적지에 이르
지 않았다.

우물을 찾자마자 무지개를 보다 — 네즈 根津

우물은 좀처럼 나타나주지 않았다. 영화에 나오는 우물이 이 근처에 있을 텐데 말이다. 6년 전 어느 여름날에 이 근처에 산다는 자칭 승려인 아저씨가 안내해줘서 처음 알게 된 우물이다. 자동판매기에서 음료수를 사면 돈이 드는데 우물물은 공짜가 아니냐면서 자칭 승려인 아저씨가 솔선하여 펌프질을 했던 기억이 난다.

아무나 이용할 수 있는 우물은 아닌 모양이었다. 자칭 승려인 그분은 이용해도 되는 듯 "자, 마셔봐"라고 턱을 내밀며 말했고, 나는 차가운 우물물을 손으로 떠서 홀짝홀짝 마셨다. 파르스름한 양동이 안으로 투명한 물이 떨어지면서 물방울이 튀어 올랐다. 그 물방울들이 주위 공기나 땅으로 스며들어서인지 한여름 오후인데도 덥지 않았다. 서늘한 구덩이 같은 곳이었다.

그러나 나는 거기가 어디였는지 까먹었다. 고양이 여행사의 금색 깃발이 빛을 잃는다. 대충

부근까지 가서 고양이를 찾는 건 자신 있지만, 반
드시 그 지점에 가야만 하는 의무적 상황에서는
능력을 발휘하지 못하는 고양이 여행사이다. 머
릿속에 존재하는 풍경의 잔상을 그러모아 "아마
저쪽인 것 같아요"라고 시노바즈 거리 뒤편을 센
다기千駄木 방면으로 허세를 부리며 걷지만 그쪽이
센다기 방면인지 아닌지조차 모른다.

　　잡지사 입장에서 우물은 그럭저럭 괜찮은 취
재 포인트이다. 기발한 아이디어라고 기뻐한 것
도 한순간. 이러다가 날이 저물면 사진을 찍을 수
없게 된다. 마음이 급해서 저절로 걸음이 빨라졌
다. 골목에 죽 늘어선 술집들이 문을 열 준비를 시
작한다. 술과 요리의 달짝지근한 냄새가 골목길에
가득했다. 바구니에 세숫대야를 실은 할아버지가
자전거를 공중목욕탕 앞에 갖다 대고 있다.

　　"하루밍 씨는 직접 가봤으면서도 어딘지 몰
라요?"라고 내 안의 고양이가 나무랐다.

　　"와보면 생각날 줄 알았어."

"그 마음은 잘 알겠지만 말이죠. 고양이도 나
갔다가 돌아오는 길을 못 찾는 경우가 있거든요.
그러지 말고, 영화 관계자한테 전화를 걸어서 물
어보지 그래요?"

내 안의 고양이가 좋은 방법을 제안했다.

나는 뒤를 돌아보았다. 잡지사 분들이 즐거
운 듯 웃는 얼굴로 따라오고 있었다.

"죄송해요, 저, 완전히 헤매고 있어요. 고시
카와 씨한테 전화해서 우물이 어디 있는지 물어
볼게요"라고 양해를 구하고 휴대전화를 귀에 댔
다. 여기서 고시카와 씨는 영화 프로듀서인 고시
카와 미치오越川道夫 씨를 말한다. 평소에도 "그게
뭐였지요?"라고 고시카와 씨에게 물으면 거의 모
든 문제가 풀렸다.

우물이 있는 장소는 곧 알아냈다. 전화 저편
에서는 다음 영화를 위한 준비 작업이 진행되고

있는 듯했다. "지금 다쿠지 씨랑 같이 있어요"라
고 고시카와 씨가 말하자마자, "우물은 교쿠린지
玉林寺 옆 샛길로~"라는 다쿠지 씨의 목소리가 전
화 너머에서 들렸다. 아아, 재미있겠다. 영화를 만
들어가는 과정을 무척 즐거운 마음으로 견학했었
다. 아무리 즐거워도 원작자인 내가 영화에 관여
할 수 있는 기회는 딱 한 번뿐이구나. "어딘지 이
제 알았어요, 감사해요"라는 짧은 인사를 남기고
전화를 끊었다.

　　떠들썩한 축제 행렬이 지나간 직후와도 같
은 기분이었다. 어릴 적 같은 아파트 단지에 살던
후미오 군을 중심으로 한 남학생 군단이 자전거
를 타고 비밀 기지를 향해 전속력으로 달려가는
뒷모습을 아파트 입구에 서서 홀로 바라보던 늦
은 오후 시간과도 비슷했다.

　　교쿠린지 근처까지 와서, 옆 가게 주인이 저
골목길로 들어가면 된다고 가르쳐준 쪽으로 가보

았다. 우리가 찾는 우물 외에도 옛 우물이 이 부근에 몇 곳이나 있어서 우물 마니아들이 우물만 보러 방문하기도 하는 모양이었다. 그만큼 많은 우물이 남아 있고 아직도 사용되고 있다는 사실에 놀랐다. 네즈根津의 '津'라는 한자에 삼수변이 붙어 있어 물과 인연이 깊은 걸까? 흩어져 존재하는 우물을 선으로 이으면 보이지 않는 수맥이나 옛 풍경이 나타날까?

볼일이 없다면 절대 들어가지 않을 것 같은 벽과 벽 사이에 낀 좁은 골목길로 주저 없이 들어간다. 이 안쪽에 그 오래된 우물이 있다고 근처 가게 주인이 가르쳐주었다. 우리는 아무 생각 없이 걸었다. 막다른 곳까지 오니 화분과 낡은 일용품이 혼연일체가 된 목조 연립주택이 초연한 모습으로 서 있다. 그 집의 빨간 우편함 위엔 커다란 고양이가 털썩 엎드려 있었다. 고양이가 몸으로 덮고 있으면 편지를 어떻게 넣을 수 있을지 생각해보았다.

"앗, 고양이"라고 소리치니 잡지사 분이 사진을 찍는다.

가재도구가 어지럽게 쌓인 현관 앞으로 집주인이 나왔다. 두꺼운 안경을 낀 얼굴이 그의 집처럼 초연해 보였다.

"고양이가 귀엽네요"라고 내가 말을 걸자, 집주인은 고양이가 아니라 이 연립주택에 대해 이야기를 꺼내놓기 시작했다. 20세기 초까지 거슬러올라가, 그때부터 지금까지 마을이 어떻게 변해왔는지 하나하나 들려준다.

"이 집은 20세기 초에 세워졌는데, 저기도 저기도 다 내가 개축했지. 길도 새로 공사를 했어. 그런데 이쪽은 사설 도로라서 바꿀 수가 없어"라며 손가락으로 가리키는 길을 자세히 보니 지면의 색깔이 희끄무레한 색과 거무스름한 색으로 반반씩 나뉘어 있다. 집주인이 서 있는 쪽은 오래되어 낡았고, 우리가 서 있는 쪽은 검게 새로 포장되어 있었다. 그 경계선은 상처 입은 피부의 흉터 같기도 했고, 마을이 변천하면서 생긴 성장선처럼 보이기도 했다.

　사람은 한 꺼풀씩 벗겨지면서 어른이 되는데, 길은 새 껍질이 한 겹씩 쌓이면서 자라는구나. 뭐든 새로워지고 균일해지는 건 싫지만, 그 움직임마저 멈추면 이제 끝이라는 생각도 들었다. 건축물도 나도 고양이도 땅 위에 놓여 있다. 그러다 언젠가 저세상으로 간다. 내가 살았던 장소에 또 다른 사람이 살기 시작한다. 마을의 고양이는 좀 더 빠른 속도로 교체된다. 그런 생각이 들긴 해도 실감은 나지 않았는데, 최근에 받은 건강진단 항목을 보고 있으니 서서히 느껴지는 것이 있었다.

　집주인의 이야기가 강력한 힘으로 우리를 움직이지 못하게 만들었다. 나도 아줌마가 되면 고양이가 귀엽다고 말을 걸어오는 사람에게, 옛날에 여기는 말이죠, 라고 이야기를 풀어놓을 것

같다. "자기보다 강할 것 같은 고양이랑 눈이 마
주치면 움직이지 못한다는데, 그건 남의 동네에
발을 들여놓은 고양이가 지켜야 할 도리인가?"라
고 내 안의 고양이에게 물어보았다.

"하루밍 씨, 그냥 도망쳐요." 내 안의 고양이
가 인솔한다. 나는 다시 가이드가 되어 금색 삼각
기를 꼭 잡았다.

"정말 도움이 되는 이야기였어요. 감사합니
다. 이 부근은 참 재미있는 동네네요"라고 인사를
했다. 결국 우물은 방금 지나쳐온 샛길로 들어가
야 했다는 걸 뒤늦게 알았다.

"고양이를 쫓아가다보면 이렇게 마을의 역
사까지 알게 된답니다" 하고 잡지사 분들을 긍정
적인 생각으로 이끌었다. 금색 삼각기가 빛을 되
찾는다.

전화로 들은 대로 우물로 이어지는 샛길이
있었는데 하필 문이 닫혀 있어서 들어가도 되는

지 몰랐던 것이다. 절 뒤로 돌아 뱀처럼 구불구불한 샛길을 걷다보니 어느새 움푹 팬 땅의 바닥 같은 장소까지 와 있었다. 짙은 녹색 우물이 수수한 빛을 발하며 함석지붕 아래에 마치 버섯처럼 서 있다. 찾았다, 찾았다, 라며 모두 함께 기뻐한다. 사진을 찍고 나서 큰길로 이어지는 돌계단을 올랐다.

교차로까지 와서 잡지사 분이 "아, 저기" 하고 손가락으로 가리키기에 그쪽으로 눈길을 주니 하늘에 무지개가 걸려 있다. 나는 찰칵하고 셔터를 눌렀다.

집에 돌아와서도 노인이 차례차례 빨려 들어간 아파트가 자꾸 생각났다. 혹시 그곳이 고양이 선인 양성소일까? 고양이 선인[1]이란 인간과 고양이 사이를 연결해주는 사람을 가리키는 말이다. 인생을 충실하게 보내고 싶은 인정 많은 사람들이 고양이 선인이 되려고 그 아파트에 다니는

---

1 만화 〈게게게의 기타로〉에 등장했던 캐릭터.

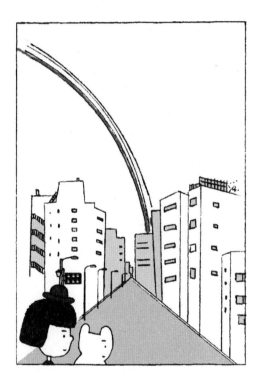

건 아닐까? 하얀 턱수염을 기른 할아버지가 대장
이다. 후후, 하며 상상의 나래를 펼쳤다.

　　내 안의 고양이는 날름날름 털을 핥으며 이
런 꺼림칙한 이야기나 하고 있다.

　　"고양이는 죽을 때가 되면 어딘가로 몸을 감
추잖아요. 그 아파트도 그런 데가 아닐까요? 죽을
때가 가까운 노인들이 고양이처럼 스스로 몸을
감추는 집이요. 저세상의 신이 자네는 아직 죽지
않아도 된다고 돌려보낸 사람은 계단을 내려오는
거죠."

관음상으로 다시 돌아온
고양이를 만나다
— 야마테山手 거리

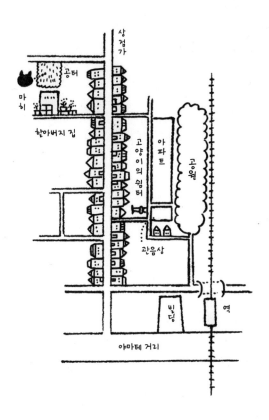

상점가

공터

마히

할아버지 집

고양이의 쉼터

아파트

공원

관음상

빌딩

역

야마테 거리

관음상 근처에 고양이 있더라, 라는 K씨의 말을
듣고, 고양이가 돌아왔다는 생각에 마음이 들뜨
고 동공이 살짝 열렸다.

　　고양이가 사당 앞에서 졸랑대다가 이따금
텅 빈 수반에 쏙 들어가 졸기도 하는, 내 마음의
자그마한 오아시스. 언젠가부터 수반에 항상 물
이 차 있고, 옆에 있던 건물이 철거되면서 꽤 높
은 빌딩 공사가 시작되었기에(건물 외관이 굉장
히 조잡하다. 어떤 물질로 만들어졌는지 모를 거
무튀튀한 재색 외벽에 새빨간 철판이 끼워져 있
어서, 마치 혈색 나쁜 울트라맨을 네모난 틀에 꼭
꼭 밀어넣고 식혀서 굳힌 양갱처럼 보인다. 이런
건물을 멋지다고 말하는 사람은 평소에 어디서
옷을 사 입는 걸까? 조잡한 것에도 마음이 끌리는
경우가 있긴 하지만, 취향이 달라도 너무 다른 건
물), 고양이는 완전히 사라져버렸다고 생각했다.

　　건물은 다 지어졌고 여기도 이젠 없겠군요,
라며 마음에 원망만 가득했던 게 작년 가을이었

는데, 며칠 전 K씨가 "정확하진 않지만, 대여섯 마리는 있는 것 같아"라며 담배 연기를 후욱 내뱉었다. 고양이가 돌아왔다. 역시 고양이는 지혜로운 생물. 그런 고양이가 더없이 자랑스러웠다.

샌들을 신고 밀짚모자를 쓰고 밖으로 나왔다. 고양이를 찾아다니는 일은 그것이 쉽게 눈에 띄지 않는다는 점 때문에 더욱 재미있다. 없는 줄 알았는데 도중에 딴짓하며 골목을 걷다보면 고양이와 눈이 딱 마주치곤 한다. 한 마리를 발견하면 그다음부턴, 저기, 앗, 저기도, 하고 초점이 자연스럽게 맞춰지면서 하나둘씩 보이기 시작하니 재미있다. 눈에 보이지 않는 고양이 전파에 올라탄 순간부터 나는 고양이들과 일직선으로 연결된다.

다양한 사람과도 만난다. 전혀 모르는 분들과 꽤 오랜 시간 서서 이야기를 나누기도 한다. 같은 아파트 주민과 엘리베이터에 함께 탔을 때는 대개 숨을 죽이고 묵언수행을 하는데, 골목에

서 누군가를 만나면 마음이 활짝 열리고 목에 달
린 방울이 딸랑딸랑 울리듯 마음이 들뜨니 참 신
기한 일이로다.

　관음상에 들렀다가 상점가를 지난 후, 주택
가 골목길로 들어가 가로로 세로로 마치 꿰매듯
걸었다. 그때 만난 고양이와 사람에 관한 이야기
를 여기에 기록한다.

　○ 술집 앞에 공심채空心菜가 얼마나 맛있는
지 끊임없이 이야기하는 남자가 있었다. "속
이 비어 있어! 그래서 '빌 공'에 '마음 심'에
'나물 채'자를 쓰나봐!" "우와, 그게 뭔데?
먹어보고 싶다." "내 말 믿고 한번 먹어봐,
후회 안 할 거야!"

　○ 그다지 튼튼해 보이지 않는 하얀 고양이
가 사당 앞에 있었다. 그 고양이에게, 언제
어느 때든 모델로 스카우트될 준비가 되어

있는 몸매의 세련된 소녀가 가방에 매단 장
식을 짤랑짤랑 울리며 성큼성큼 다가간다.
고양이가 깜짝 놀라 속새 그늘로 숨어버렸
다. 그런데 내가 몸을 낮추고 집게손가락을
천천히 내밀자, 고양이가 내 손가락에 코끝
을 대고 조용히 눈을 감는 것이다. 소녀는 나
를 잠시 쳐다보다가 "쳇" 하면서 그 자리를
떠났다. 내가 뭐 잘못했나?

○ 하얀 속옷 하나만 걸친 할아버지가 길가
에 쭈그리고 앉아 있다. 왜 그러고 계실까 싶
어서 자세히 보니, 분재에 물이끼를 까는 중
이었다. 호스에서는 물이 줄줄 흐르고 있다.
수도세에는 관심이 없는지, 물이끼를 불려
흙 위에 깔고 손바닥으로 꽉꽉 누르는 데에
만 열중한다. 할아버지의 손가락 끝이 반들
반들하다. 다육식물을 심은 멋진 화분도 있
었다. 마치 다리에 난 털처럼, 뿔같이 생긴 줄

기 끝에서 뿌리에 이르기까지 하얀 털이 쏙 쏙 올라왔다. 나는 이 비슷한 걸 본 적이 있다. 어릴 적 경기驚氣를 했을 때 할머니가 민간요법이라며 왕소금으로 무릎을 문질러준 적이 있는데, 그때 무릎이 이렇게 생겼었다.

○ 자갈이 군데군데 섞인 시멘트 돌층계에 비슷한 색깔의 고양이가 있었다. 고양이한테도 보호색이 있구나! 역시 고양이는 영리한 생물! 마치 내가 고양이인 듯 괜스레 뿌듯했다.

○ 어떤 집 앞에 고양이를 쫓는 용도로 둔 페트병 수가 예전에 봤을 때보다 늘었다. 페트병이 흙먼지를 뒤집어써서 거무스름하다. 무슨 설치 미술품 같다. 〈Naruhodo! The World[1]〉가 만약 아직도 방송된다면 외국인에게 "자, 이게 뭘까요?"라고 퀴즈를 낼지도 모른다. 과연 뭐라고 대답할까? 집주인도 이

---

1 1981년부터 1996년까지 방송된 퀴즈 프로그램.

정도는 해봐야 안심이 되는 모양이다.

○ 다시 관음상 쪽으로 왔다. 속새 그늘에 숨
었던 고양이는 맞은편 집 차고에 있었다. 사
용하지 않는 식탁 의자 위에 몸을 둥글게 말
고…… . 좋은 거처를 찾았구나. 역시 고양이
는 마음 편한 곳으로 돌아온다.

마을을 한 바퀴 돌아도 아직 걷지 못한 골목
이 있는 듯하여 조금만 더 돌아보고 가기로 했다.
콘크리트 담으로 둘러싸인 공터. 짙은 주황색으
로 변한 저녁 해가 담벼락에 고양이 그림자를 만
들어놓았다. 콩가루 색깔인 그 고양이는 걸음걸
이가 무척 독특했다. 그렇긴 하지만 목적지를 향
해 확신을 가지고 똑바로 걷는다. 내 옆을 지나칠
때 경계의 눈빛을 살짝 흘리면서. 퍼뜩 놀라 얼
굴을 드니 담 너머에서 아까 속옷 하나만 걸쳤던
할아버지가 나를 보고 있었다. 담 너머는 할아버

지 집 정원이었다. 금가루를 뿌려놓은 듯 주황색
으로 활짝 핀 철쭉과 이름 모를 빨간 열매가 달린
나무. 구석구석 손질이 잘 된 정원이었다.

"여기 사는 고양이인가요?"
"우리가 키우는 아이야."
"집 안에서요?"
"지금은 밖에서. 건강해. 태어날 때부터 뒷다
리를 못 움직였어. 의사는 가망이 없다고 했지만,
따뜻하게 해주고 어루만져주고 했더니 조금씩 걸
을 수 있게 됐지. 믿는 자만이 구원받는 법이야.
마히~"

"마히? 이름이 마히인가요?"라고 물으니,
"다리가 마비됐으니 이름도 마히麻痺야"라고 한다.
"여보" 하고 집 안에서 부르는 소리가 들렸
다. 부인인 듯한 할머니가 정원으로 나와서 할아
버지 옆에 나란히 선다. 할머니는 화려한 무늬의
하늘하늘한 하와이 원피스를 입고 있었다.

"사실은 이 아이를 주운 날, 날씨가 참 좋아서 마히晴日라고 이름 붙였다오"라며 웃는다. 그 어감과 할머니의 옷차림으로 분석하건대, 어쩌면 마히마히~는 하와이 말로 '좋은 날씨'라는 뜻인지도 모른다고 내 멋대로 해석했다.

부인은 남편보다 키가 많이 작았다. 팔꿈치를 담 위에 올리고는 있지만 담 너머에서 몸을 쭉 펴고 까치발로 서 있을 게 분명했다.

고양이가 독특한 걸음걸이로 담을 따라 한 바퀴 돌았다. 할아버지가 "마히~"라고 이름을 부르니 멈춰 섰는데, 내가 다가가려 하자 더 독특해진 걸음걸이로 풀 속으로 도망친다.

할아버지와 할머니는 "금방 밥 줄게"라고 말한 후에 90도로 방향을 틀어 집 안으로 들어갔다. 마비되어서 마히. 좋은 날씨여서 마히. 넘치지도 부족하지도 않은, 딱 좋은 이름. 멋지다! 존경!

나는 손을 흔들었다. 또 올게요, 라고 큰 소

리로 인사했다. 다시 왔을 때는 물이끼 까는 법을
좀 배울 수 있기를.

얼마 전 오랜만에 관음상 앞을 지났는데, 맞
은편 집 차고에 아직 고양이가 있는지 궁금해서
유심히 살펴보았다. 고양이는 없고 고양이가 잠
자던 의자 위에 페트병이 놓여 있다. 빈틈이라곤
조금도 없군. 누가? 고양이가? 사람이?

반쪽짜리 불꽃놀이로 만족하다 — 아사쿠사 浅草

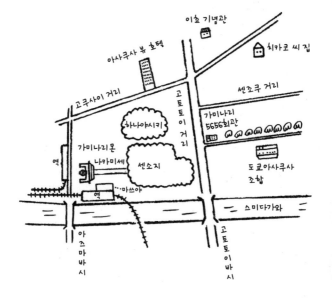

이쿄 기념관

아사쿠사 뷰 호텔

치카코 씨 집

고쿠사이 거리

센조쿠 거리

고토토이 거리

가미나리 5656회관

하나야시키

가미나리몬

나카미세

센소지

도쿄아사쿠사 조합

역

역

···마쓰야

스미다가와

아즈마바시

고토토이바시

지금은 회사에 다니지 않으니 사원 여행 따위 갈 일이 없지만, 온천 여관의 무슨 무슨 방이라고 이름 붙여진 연회실에 유카타 차림으로 모여드는 같은 회사 직원들 사이에 나 자신도 섞인다 생각하면, 품에서 당장 사표를 꺼내어 상사에게 내밀고 싶어진다. 이런 나는 사회인으로서 빵점인가요?

유카타. 너무나 어설픈 무방비 상태의 복장. 평소에 아무리 세련된 차림으로 멋을 부리는 신사라도 유카타를 입고 엉거주춤한 자세로 술을 따르면 꼭 '도죠스쿠이¹' 춤을 추는 것 같아서 보는 사람 얼굴이 다 화끈거린다(도죠스쿠이를 좋아하시는 분, 죄송합니다). 여자들은 대개 옷차림으로 타인과의 차이를 도모하는데, 사원 여행만 오면 키가 큰 사람도 작은 사람도 풍만한 사람도 빈약한 사람도 모두 같은 유카타를 입고 느릿느릿 움직인다. 허리띠를 묶으면 몸매가 또렷이 드러나고, 왠지 어떤 임무가 주어질 것만 같은 기분

1 미꾸라지를 소쿠리로 건져 올리는 몸짓.

에 시달린다. 축제 때 입는 유카타는 그나마 낫다. 목욕을 막 끝내고 유카타를 입은 모습으로 회사 사람이나 거래처 사람 앞에 나타나야 하다니, 그럴 바엔 차라리 저녁밥을 굶는 게 낫겠다. 그런데 참으로 이상한 것은 나 말고 유카타를 싫어하는 사람이 없다는 사실이다.

유카타에 대해 지나친 경계심을 갖게 된 건 어릴 적 봉오도리[2] 대회 때 모르는 아저씨가 말을 걸었기 때문이라고 이제 와서 생각한다.

초롱불 아래에서 춤을 추는데 모르는 아저씨가 옆으로 다가와서 "하루밍, 예쁘게 자랐네"라고 말을 거는 것이다. "손가락도 쭉 펴고 참 잘 추네. 아저씨한테 손가락 한번 보여줄래?" 그 말에 어떻게 반응해야 할지 몰랐다. 등이 근질근질하고, 좀 무섭고, 왠지 어른이 된 것 같은 기분도 느꼈다. 몸에 감은 분홍색 허리띠가 꼭 조이는 듯했다. 나는 아저씨를 일부러 외면하며 똑바로 앞을 보고 춤췄다.

⋮

2 매해 8월 명절에 선조들의 명복을 기리며 추는 춤.

춤의 행렬이여, 얼른 앞으로 나아가자!라고
염원하며 쉬지 않고 춤췄다. 어른이 된 지금도 어
쩔 수 없이 유카타를 입어야 할 때, 왠지 온몸에
힘이 들어가는 것 같다. 나도 그런 내가 징글징글
하다. 아아, 나는 여름을 어떻게 즐기면 좋을까?
그 아저씨가 누구였는지는 아직도 모른다.

S씨에게 좋아하는 사람이 생겼는데 처음으
로 단둘이 데이트를 하기로 했다고 한다. "나 유
카타 입고 갈까 해. 유카타 입은 모습이 보고 싶
대"라고 선뜻 말하기에 조금 놀랐다.

나는 "너무 이른 거 아냐? 본인이 입고 싶어
서 입는 거라면 몰라도, 아직 사귀는 사이도 아닌
데 그런 부탁까지 들어주려 하다니 이해가 안 돼"
라고 말렸지만, "이미 늦었어. 엄마한테 유카타
보내달라고 벌써 말했는걸" 하며 내 말은 들으려
고 하지도 않았다. 그런데 바로 그날, 경사스럽게
도 '고백'을 받았다고 한다. 그날 이후로 두 사람

은 사귀기 시작했다. S씨의 여름 하늘에 브이 자 모양의 불꽃이 터졌다.

왜 그 생각이 떠올랐나 했더니 "우리 집에 불꽃놀이 보러 오지 않을래요?"라고 치카코 씨가 초대해줬기 때문이었다.

치카코 씨 집 옥상에 오르면 스미다가와에 서 열리는 불꽃놀이 대회를 구경할 수 있다고 한 다. 지하철을 타고 가까운 역에서 내려 음료수를 사들고 가기로 했다.

"그래요, 그럽시다." 내 안의 고양이가 유카 타를 입는다. "자고 일어났더니 무슨 옷을 입고 갈지 생각하기가 귀찮아서 그냥 유카타로 정했어 요. 유카타는 그냥 입기만 하면 되니까요"라며 내 안의 고양이가 꼬리를 흔든다.

"무슨 옷을 입고 갈지 생각하다니? 넌 원래 아무것도 안 입잖아."

"그렇긴 하지만. 옷집 호랑이가 자꾸 권해서
요즘은 좀 입어요."

내 안의 고양이는 요즘 내 안에 반만 있다.
매일 옷집 호랑고양이를 만나러 가느라 바쁘다.
옷집 현관 매트에 엎드려 졸고 있는 그 호랑이에
게 매일같이 풍뎅이를 잡아 선물하는 모양이었
다. 내 안의 고양이는 서로 코를 비비는 고양이식
인사를 하고 싶은데, 호랑이는 풍뎅이를 흘끗 쳐
다보기만 하고 다시 잠들어버렸다. 그래도 내 안
의 고양이는 하루도 거르지 않고 풍뎅이를 잡아
매트에 톡 떨어뜨린다. 그러다 풍뎅이를 발견하

지 못해 빈손으로 옷집을 찾은 어느 날, "여태까지 진 아무 말 안 했지만, 나는 벌레 따위 없어도 돼요"라며 호랑이가 내 안의 고양이 코에 자기 코를 대고 비벼주었다. 그날 밤 고양이는 흥분하여 내 안을 밤새 뛰어다녔다.

　　오늘은 내 안의 고양이 꼬리에 리본이 달려서 걸을 때마다 귀엽게 흔들린다. 고양이도 S씨도 좋은 날엔 유카타를 입는구나. 리본을 흔들면서……. 고양이는 기쁠 때 꼬리가 꼿꼿이 서는데, 그 꼬리에 보이지 않는 리본이 달려 있을지도 모른다는 생각이 들었다. 고양이마저 그렇다니. 좋

겠다. 나는 입을 일도 없어서, 남의 유카타 차림만 멍하니 바라본다. 모르는 아저씨 목소리에 갇힌 채 무료하게 보내는 여름밤.

역 근처 세븐일레븐에서 사이다와 병에 든 녹차를 두 개씩 사서 봉투에 넣고 큰길을 따라 걸었다. 나란히 선 빌딩 저편의 하늘이 확 밝아지는 걸 보니 저쪽이 스미다가와인 모양이다. 길만 건너면 바로 나올 줄 알았는데 좀처럼 다다르지 않아 초조해진다. 문이 활짝 열린 식당 안의 텔레비전은 홀로 지껄이고, 사람들은 모두 하늘만 쳐다본다. 이런 날은 공중목욕탕도 텅 비어 있을 것이

다. 밝고 넓은 길 삼거리에서 오른쪽으로 들어가
니 갑자기 조용해진다. 주위가 낮은 건물로 바뀌
었다. 길 양편에 선 버드나무가 춤추고 있다. 또
불꽃이 터져서 하늘이 확 밝아진다. 길에 주저앉
아 하늘을 바라보던 사람들의 표정이 암흑 속에
서 은색으로 떠오른다. 하늘이 꼭 스크린 같다. 사
람들은 모두 집에서 가지고 나온 접이식 의자나
돗자리에 앉아 부채를 들고 파닥파닥 부치고 있
다. 하늘을 볼 땐 부채가 멈춘다.

골목에서 헤매는 바람에 불꽃 대회 종료 시간까지 20분밖에 남지 않았다. 치카코 씨에게 전화를 걸어 이쪽으로 와달라고 했다. 치카코 씨는 이미 취해 있었다. 서둘러 옥상에 오르니 치카코 씨 가족을 비롯하여 친한 사람들이 한자리에 모여 흥겹게 놀고 있다. 주위에 집들이 빽빽하게 들어서 있어 옥상에 올라도 시야가 확 트이지는 않았다. 지붕과 지붕 사이로 팡 터지는 불꽃의 오른쪽 반만 보였다. 불꽃은 지붕 하나하나를 선명하게 부각시킨 후 연기만 남기고 사라졌다. 나지막한 소리가 한발 늦게 팡팡 하고 울렸다.

"치카코! 손님 컵 좀 가져와!"라고 치카코 씨의 남편이 소리치고, 치카코 씨는 계단을 오르내리며 여러 가지를 나른다. 그러다 남편이 "치카코보다 키 작은 사람도 있네"라며 내 안의 고양이를 보고 눈을 둥그렇게 떴다. 그의 눈엔 이 고양이가 보이는 모양이다. 그렇구나, 치카코 씨의 남편은 그런 사람이구나. 아아, 즐겁다.

옥상 난간에 팔꿈치를 괴고 불꽃을 바라보는데, 치카코 씨가 다가와 "어때? 어때? 즐겁죠? 반쪽짜리 불꽃도 멋지지요?"라며 내 유리컵에 캔 맥주를 따라주었다. 네, 정말 즐거워요. 반쪽짜리지만, 가까이서 보니 좋네요.

클라이맥스의 가장 큰 불꽃이 터진다. 오오옷! 하는 함성이 마을 안의 모든 집 창문에서 들렸다.

아무 말도 하지 않는 돌이 사랑스럽다 — 기요스미清澄

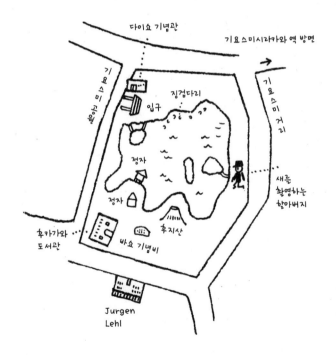

다이쇼 기념관

기요스미시라카와 역 방면

기요스미 공원

징검다리

입구

기요스미 거리

정자

정자

후지산

새를 촬영하는 할아버지

후카가와 도서관

바쇼 기념비

Jurgen Lehl

서랍장 위에 둔 자그마한 사다리꼴 모양의 돌은 강 상류에서 주운 것이다.

물 안에서 발견했을 때는 반들반들한 청록색이어서 얼른 주워 "이거 비취옥인지도 몰라"라며 보여주고 다녔다. 휴지에 싸서 여행가방 주머니에 넣어 집까지 들고 왔다. 걸을 때마다 돌이 옆구리에 툭툭 닿았지만 비취옥이니 참을 수 있었다. 조금 아파야지 '행'과 '불행' 사이에 균형이 맞을 것 같기도 했다.

집에 도착하여 휴지를 펴니 돌이 말라서 허옇게 변해 있었다. 돌다운 색깔이다. 수돗물을 틀어서 적시니 돌이 다시 비취옥 색깔로 변한다. 방은 조용하고 부엌의 형광등 소리만 우웅 하고 울린다. 뭔가 좋은 일이 생길 것 같았는데. 그러나 이 돌이 비취옥이 아니라는 걸 나는 어렴풋이 알고 있었다.

"그거랑 같아요. 내 털이 길다고 아메리칸 쇼트헤어의 피가 흐를지도 모른다면서 사람들한테

떠벌리고 다녔잖아요. 나는 그저 평범한 마당 고양이란 말이에요"라며 내 안의 고양이가 정신 차리라고 한다.

그럴지도 모른다고 했을 뿐인데 뭐. 서랍장 위에 뒀다가 이따금 물에 적셔 비취옥의 빛깔을 한순간 느낄 수 있다면 그걸로 족하다. 강 상류나 폭포에서 보낸 즐거운 한때를 떠올리며 추억에 잠길 수도 있고.

나의 비취옥 체험과는 조금 다르지만, 다양한 취미를 접해본 사람이 마지막에 도달하는 곳이 바로 '돌'이라는 말을 들은 적이 있다. 그리고 내 여동생도 취미로 돌을 모은다는 사실이 작년 섣달 그믐날에 밝혀졌다.

"에고타江古田 역 앞 광물 가게에서 이따금 돌을 사." 동생은 자기 이야기를 잘 안 하는 사람이어서, 보통 휴일에 뭘 하고 지내는지도 이날 처음 들었다.

"다음에 미네랄 쇼 보러 같이 가자"라고 내 방에 단정하게 앉아 조심스럽게 제안했다.

미네랄 쇼란 돌을 전시 판매하는 행사로서 넓은 홀에 수많은 돌 가게가 들어선다. "한마디로 돌 가게라고 하지만 사실은 참 다양해. 주로 광물인데, 돌이나 모래로 산수를 표현한 정원도 있고, 젬이라는 보석 전문가도 있어. 정말 굉장한 구경거리야."

동생 말에 의하면 돌 애호가들은 '가지고 있으면 기분이 차분해지는 돌'이나 '긍정적인 마음을 갖게 되는 돌' 따위의 이름을 붙여 부적처럼 파는 돌은 쳐다보지도 않는다고 한다. 그러나 요즘 미네랄 쇼에서 가장 인기 있는 게 바로 그런 거라고, 동생이 담담한 표정으로 이야기했다. 마치 외래 어종의 영향으로 생태계가 파괴되어가는 호수를 바라보는 낚시꾼 같은 얼굴로…….

"그럼 어떤 돌이 좋아?"

"나는 역시 수정. 돌은 수정에서 시작해서 수
정으로 끝난다는 말도 있어."

동생에게 취미에 관한 이야기를 들은 건 이번이 처음인지도 모른다. 가까운 이의 평소 생활에 너무 무심했다. 이미 안다고 생각하고 방심한 사이에 모르는 게 많아졌다. 나는 그제야 돌에 대해 궁금해져서 관련 잡지를 읽으며 미네랄 쇼에 대한 호기심을 키워갔다.

돌을 감상하고 싶다면 기요스미淸澄 정원이 좋아요, 라며 사카자키 시게모리 씨가 신문에서 발췌한 기사를 슬쩍 전해주었다. 정원에 조예가 깊은 사카자키 씨 본인이 쓴 기사였다. 이곳은 '기암괴석의 보고'이며 '정원석의 집대성'이라고 한다. '돌에 투입된 에너지가 다르다'는 말도 인상적이었다.

그렇다면 가봐야지, 하고 지하철에 오른다. 널찍하게 뻗은 거리를 걷다가 어느 쪽으로 가면 될지 몰라서 지나가던 할아버지에게 물어 "쪽바

로 가면 오른쪽에 입구가 보여"라는 답을 얻었다.
'쪽바로'라는 말을 들으니 괜스레 흥이 났다. 정원
입구에 어린아이 키 정도 되는 수반이 대수롭지
않은 듯 아무렇게나 놓여 있다. 이만큼 단단하고
무겁고 커다란 돌을 어디에선가 옮겨와서 안을
도려내어 수반으로 만들다니 정말이지 괴력이다.
입구부터 호화로우니 기대감이 쑥 높아진다. 150
엔을 지불하고 들어간다.

기요스미 정원은 돌이나 모래로 산수를 표현하여 산책길을 따라 연못 주위를 거닐 수 있도록 조성한 회유식 정원으로, 이는 에도시대 무가의 정원에 널리 이용되었던 양식이다. 메이지 시대의 기업가 이와사키 야타로岩崎弥太郎가 땅을 사들여 사원들의 휴식처나 손님을 맞는 장소로 꾸민 곳이라는 설명이 팻말에 적혀 있다.

이와사키 야타로는 해운회사를 운영했기에 배를 이용하여 큰 돌을 쉽게 옮길 수 있었구나. 바다에서 스미다가와로 들어와 정원 근처에 배를 대고⋯⋯. 부자라면 이 정도는 돼야지.

연못 주변을 한 바퀴 돈다. 완만한 잔디밭, 흙을 다진 경사면, 섬처럼 보이는 연못 속의 풀숲. 대충 놓아둔 것 같지만, 사실은 굉장히 공들여 배치한 나무와 돌. 볼거리가 많다. 돌과 물과 초목 외에도 거북과 새들이 있다. 왜가리가 섬에 훨훨 내려앉는다. 수면 위로 요염하게 떠오른 소나무 뿌리에 얌전히 앉으니 마치 꽃꽂이 작품 같다. 아무도 가르쳐주지 않았는데 딱 좋은 위치까지 날아와서 멈추는 왜가리의 솜씨가 대단하다. 볼수록 감탄사가 흘러나온다. 거북은 엎드려 일광욕을 하고 있다. 연못이 흔들리며 빛난다. 연못 주변을 걷는 사람들 머리가 동그란 정원수 위를 쓰윽 가로지른다.

완만하게 부풀어오른 잔디밭 언덕의 가장 볼록한 곳에 세모 모양의 거무스름한 돌이 놓여 있었다. 봉긋한 지면 위로 부드러우면서도 당돌하게 뾰족 튀어나온 돌. 반듯이 누운 여인의 젖가슴 같다. 나 혼자 제멋대로 품은 인상을 그대로 받아들일 뿐 돌은 아무 말도 하지 않는다. 아무렇게나 놓인 돌이지만 가슴을 울리는 감동이 느껴져, 여러 각도에서 바라보며 사진을 찍었다. 조금 걸으니 또 다음 돌이 말없이 부른다. 단순하고 조용하여 하염없이 바라보게 된다.

한 할아버지가 연못가에 앉아 삼각대 달린

자그마한 비디오카메라를 정리하고 있었다.

"왜가리랑 논병아리랑 배가 부른지 이쪽으로 안 오네. 다들 저 섬에 쉬러 간 모양이야. 그동안에 나는 점심이나 먹고 와야겠다." 할아버지가 가방을 지지직 하고 닫았다.

"여기 매일 오시는 거예요?"

"일하는 곳이 가까이에 있어."

취미에 관해서라면 할아버지와도 이야기가 통하니 참 신기하다. 아니, 통하지 않은 셈인가? 중요하지 않은 이야기만 하고, 정작 중요하다고 생각하는 건 말 이외의 무언가로, 그 무언가는 고양이 안에 있다고 생각하는데……. 그쪽으로 화제를 돌릴 수는 없을까? 이런 생각을 함과 동시에 또 한 가지 생각을 했다. 할아버지의 모자챙에 왜 SantaFe란 글자가 박혀 있을까?

"자네도 좋은 사진 찍게나." 할아버지는 내 손에 든 디지털카메라를 보고 그렇게 말했다.

아뇨, 저는……. 할아버지는 내 말이 채 끝나

기도 전에 천천히 징검다리를 건너기 시작했다.
저 비디오카메라엔 새가 가득하겠지?

　　사카자키 씨, U씨와 함께 아사쿠사浅草에서
술을 마셨다. 와인과 맥주를 마시고 또 사케도 마
셨다. 안주로는 통째로 말린 반디오징어와 크림
치즈 된장절임을 먹었다. 점점 즐거워지면서 목
소리도 따라 커졌다. 유리창 너머로 보이는 길 표
면에 박힌 동그란 것이 꼭 원시인이 사용하는 동
전처럼 보였다. 그러다 돌 생각이 났다.
　　"일전에 기요스미 정원에 다녀왔어요."
　　"아, 그랬어요? 좋았지요?"
　　"네, 정말 좋았어요. 뭐가 그렇게 좋았는지
지금 막 생각났어요."
　　그후로 나는 흥이 나서 화강암에 얽힌 이야
기를 계속 지껄이고 말았다.
　　U씨가 "나는 그런 상상력이 없어서"라며 생
글생글 웃었다.

"오늘은 하루밍 씨한테 많이 배웠네"라고 사카자키 씨도 웃으며 말했다.

와아, 내가 또 이런 짓을. 좋았던 마음을 표현하느라 말을 너무 많이 한 것 같아 부끄럽다. 늘 반성하는데도 전혀 고쳐지지 않는다. 나는 돌머리다.

내 안의 고양이, 고향에 가다 — 조시가야 雑司が谷

고이즈미 야쿠모

이즈미 교카   하니 모토코

나가이 가후

오구리   사토 이치로

다다마사

시마무라 호게쓰

다케히사 유메지

나쓰메
소세키의
묘

긴다이치 교스케

존 만지로

하루밍 씨, 나, 고양이예요. 내가 이래 보여도 기억력은 좋은 편이거든요. 오늘은 해 뜨기 전부터 집에 없었잖아요. ○○ 마을의 저택에 갔었어요. 내가 그 저택 마당에서 태어났거든요. 말은 그렇게 하지만 솔직히 어디서 태어났는지 내가 어떻게 알겠어요? 인간들이 잘 이해하게끔 그렇게 말했을 뿐이에요. 정신이 들고 보니 마당에 있었다는 거죠. 그 저택에 형제 네 마리가 같이 살았는데, 모두 뿔뿔이 흩어졌어요. 젊고 예쁜 마님이 하녀인 할머니한테 우리를 버리라고 명령했죠. 그날 밤에 할머니가 우리를 묘지로 데리고 가더니 따라오지 말라고 했어요.

　무서워요, 엄마, 까만 새가 이쪽을 보고 있어요, 무서워요, 이제 엄마 말 잘 들을게요. 아무리 불러도 할머니는 한 번도 돌아보지 않았어요. 할머니도 시키는 대로 안 하면 밥을 못 얻어먹으니 그런 거겠죠. 할머니도 참 힘들었겠어요.

묘지는 생각보다 쾌적하고 지내기에도 불편하지 않았어요. 나 머리 좋잖아요. 동작도 빠르고, 시력도 좋고, 작은 소리도 잘 들어요. 그래서 힘들 일은 없었어요. 우리 고양이족은 쾌적한 장소를 찾는 데에 도가 튼 종족이에요. 집 안이든 밖이든 우리가 자는 곳이 제일 따뜻하고 제일 시원한 장소지요. 나의 이런 특기를 살려서 부동산 사무소에 취직할까 생각한 적도 있어요. 그런데 자동차라고 하나요? 시끄럽게 달리는 네모난 생물체가 묘지에는 없어요. 친절한 인간이 밤에 몰래 밥을 갖다 주기도 하고요. 그 인간의 냄새와 얼굴과 목소리와 발소리를 기억했다가 내 몸을 조금 만지게 해주면 반드시 또 온답니다. 인간이 오지 않을 시간이 되면 버려진 고양이나 흰코사향고양이, 쥐, 새나 벌레들만 모여 조용하답니다. 키가 제일 큰 묘비 꼭대기에 올라서 반짝반짝 빛나는 하늘의 알맹이들을 보고 있으면, 언젠가 저것도 붙잡아서 놀이 상대로 삼아야겠다는 생각이 들어요. 그럴 때 괜스레 우쭐해지면서 누구보다도 제일 먼저 여기에 존재했던 것 같은 기분을 느끼곤 하죠.

묘비 중에 나쓰메 소세키였던가? 그게 제일 좋아요. 다른 무덤보다 사람들이 자주 찾아와서 먹을 거랑 풀 같은 걸 많이 놔두고 가거든요. 거기 내가 있으면 다들 손뼉 치면서 좋아해요. 인간은 참 괴상한 생물이에요.

하루밍 씨랑 만난 것도 거기였잖아요. 기억 하나요?

우리 고양이족의 조상님은 눈을 뚫어져라 쳐다보는 놈이 있으면 일단 적으로 간주하라고 가르치거든요. 하루밍 씨는 나를 보면서 눈꺼풀을 깜박거렸기 때문에, 아, 이 인간은 적이 아니구나, 하고 생각했죠. 나한테 "귀여운 야옹이, 참 영리하게도 생겼네"라고 했잖아요. 그 말을 들으니 몸에서 힘이 쭉 빠지면서, 이 사람, 좋은 사람인지도 모르겠다는 생각이 들더라고요. 좋은 예감이 나를 덮친 거죠. 후아아아, 죄송해요. 갑자기 졸리네요. 나는 열심히 수다를 떨다가도 바로 잠들 수 있어요. 내가 생각해도 굉장한 재능인 것 같아요.

그때 내가 먼저 다가가서 하루밍 씨의 무릎을 날름 핥았잖아요. 그건 하루밍 씨 안에 들어가겠다는 의사 표시였어요.

날름 핥으니, 하루밍 씨가 내 머리랑 등을 쓰다듬어주었죠. 인간이 여기저기 자꾸 만지면 불쾌한데, 쓰다듬는 것 정도는 괜찮아요. 어루만지면 엄마가 핥아줬던 감촉이 떠올라서 기분이 좋아지거든요. 그리고 꼬리뼈를 쓰다듬으니까 엉덩이 구멍에 힘이 들어가더니 하루밍 씨 안으로 쏙 들어가지더라고요.

전부터 궁금했는데, 나쓰메 소세키가 뭐예요? 나쓰메 소세키라는 묘비 옆에 있으면 먹을 게 항상 풍족해요. 땅에서 20센티미터 정도 올라온 부분에 내가 목덜미를 비벼 생긴 흔적이 남아 있

는데요. 그건 내 친구들을 위해 남겨놓은 선물이
랍니다. 친구들이 배고플 때 냄새를 맡고 찾아오
면 좋으련만.

　줄곧 하루밍 씨 안에 있으면서 많은 것을 봤
어요. 얼마 전에는 어릴 적 나를 닮은 새끼 고양
이랑 엄마도 봤답니다. 어? 나한텐 왜 새끼 고양
이가 없지? 나도 젖을 주고 싶어. 어쩌면 내 새끼
고양이가 그 마당에 태어나 있는지도 몰라. 정말
중요한 생각이 떠오른 것 같았어요. 하루밍 씨 밖
으로 나와서 비탈길을 올라 그 저택에 한번 가봤
지요.

　담을 타고 지붕에 오르니 창 안에서 그 예쁜
마님이 빗으로 머리를 빗고 있었어요. 그걸 본 순
간, 내 등의 털이 곤두서고 꼬리도 평소의 세 배
로 두꺼워지더니 점점 인간의 모습으로 변하는
거예요. 세상에, 내가 두 발로 걷다니. 팔을 날름
핥으니 털도 사라졌어요.

　모처럼 인간이 되었으니 그 모습 그대로 거리를 걸어보고 싶더라고요. 나쓰메 소세키 묘에도 한번 들러보고요. 두 발로 걷는 거, 꽤 힘드네요. 햇볕이 잘 드는 길을 따라 쉬엄쉬엄 묘지 쪽으로 걸었어요. 그런데 도중에 목이 말라 죽겠는 거예요. 신사 경내에 약수터가 있어서 네모난 돌에 고인 물을 날름날름 핥았죠. 매점 아줌마가 "그거 손 씻는 물이야! 마시면 배탈 난다!"라고 야단치기에 도망쳤어요. 그런데 가만 생각해보니, 그 아줌마, 어디선가 본 적이 있는 거예요. 고양이 세계에선 오지랖 넓기로 유명한 사람이죠. 곤란한 일이 생기면 그 아줌마한테 가라는 말도 있을 정도예요. 신문에 실린 적도 있대요. 혹시 나를 알아봤을까요? 손 씻는 물이라고 가르쳐줬으니 다음에 쥐라도 한 마리 잡아서 가게 앞에 놔두려고요. 답례품으로 말이죠.

　음, 무슨 말 하려고 했더라? 까먹었다. 아, 맞다. 물을 마시고 큰길로 나왔어요. 그런데 큰길은 인간만의 것이네요. 그렇지 않아요? 인간의 청각이 우리보다 훨씬 떨어지니까 이렇게 시끄러운 길도 태연하게 걸을 수 있는 거예요.

내 옆을 부우웅 하고 지나가는 인간이 있기에 멋지다! 하고 쫓아가봤어요. 언뜻 보니, 다리가 세 개인 거예요. 헌책방 앞에 멈춰서기에 자세히 봤다가, 나 깜짝 놀랐잖아요. 다리가 세 개 달린 인간인 줄 알았는데, 알고 보니 스쿠터라는 지붕 없는 차를 타고 있었던 거였어요. 인간이 그 차를 비닐로 덮어씌우는데, 어떤 목소리가 "세토 씨"라고 불렀어요. 인간은 그 목소리를 듣고 가게로 들어갔죠. 이름이 세토 씨인가봐요. 나도 따라서 가게 안으로 들어가 보니 벽이 엄청난 수의 종이 다발로 되어 있네요. 넋을 잃고 한참 바라봤어요. 집게손가락 끝으로 하나하나 훑는데, 손톱이 자꾸 나오려고 해서 힘들었어요. 그런데 종이 뭉치에 '나쓰메 소세키'라는 글자가 적혀 있는 거예요. 앗, 나, 나쓰메 소세키 알아. 여기 가려고 했는데, 라는 생각이 퍼뜩 떠올랐죠.

이 종이 뭉치를 앞발이라는 이름의 양손으로 잡아서 아까 그 세토 씨 앞에 툭 내려놓고 "실례합니다, 이 묘비가 있는 곳에 가고 싶은데요"라고 말해봤어요. 그랬더니 "으음, 말로 설명하면 좀 복잡하니 이걸 갖고 가세요"라며 지도에 선을 그어주더라고요. 내가 깜빡하고 입에 물려고 했죠. 그랬더니 싱긋 웃으면서 "혹시 그렇다면?" 하고 둘둘 말아서 입에 물려주더라고요. 이 사람, 좋은 사람. 얼굴을 기억해둬야겠다 싶었어요. 모르실 것 같아서 가르쳐드리는데, 우리 고양이족 머릿속에는 기억해둬야 할 '좋은 인물 지도'랑 기억해둬야 할 '경계 인물 지도'가 내장되어 있어요. 좋은 인물 지도에 표시된 사람을 만나면 그르릉 그르릉 목을 울리지요. 경계 인물 지도에 한 번 이름이 오르면 죽을 때까지 수정이 되지 않아요.

묘지에 도착하기까지 시간이 꽤 많이 걸렸

어요. 키가 제일 큰 묘비 꼭대기에 갈색 줄무늬 고양이가 올라가 몸을 동그랗게 말고 나를 내려 다보고 있너군요. 못 보던 고양이잖아? 이럴 수 가! 거긴 내가 좋아하는 장소라고! 하지만 어쩔 수 없죠. 나는 이 동네 고양이가 아니니까. 옆에 선 커다란 나무가 어쩐지 낯익어서 호기심에 달 려가봤더니, 내가 매일 아침저녁으로 체조하다 긁어놓은 흔적이 뿌리 부근에 남아 있는 거예요. 냄새를 따라 가다가 나쓰메 소세키라고 적힌 묘 비도 발견했죠. 전엔 훨씬 크게 보였는데 말이죠. 목덜미를 대고 비비고 싶어져서 묘비 앞에 웅크 리고 앉는 순간, 세토 씨가 철새 떼를 이끄는 새 처럼 씩씩한 모습으로 나타났어요.

"헤매지는 않을까 걱정돼서 쫓아왔습니다" 라며 웃더라고요. 많이 찾으셨어요? 하고 일어나 서 죄송하다 인사하니 "아뇨, 괜찮습니다. 정말." 하면서 머리를 긁적이더군요. 내가 여기저기 기

웃거리면서 묘를 향해 걷는 동안, 세토 씨는 반대
쪽에서 이 묘를 향해 걸어왔다고 생각하니, 뭐랄
까, 내 목에서 계속 그르릉그르릉 소리가 나면서
세토 씨의 부드러운 배를 향해 당장이라도 달려
들고 싶더라고요. 일부러 여기까지 오게 해서 죄
송해요, 라고 머리를 숙인 순간, 세토 씨가 신고
있는 변소 슬리퍼가 눈에 띄었어요. 나 변소 슬리
퍼를 좋아하거든요. 이웃집 슬리퍼도 입에 물고
오곤 했죠. 서둘러 오느라 신발을 갈아 신을 틈
도 없었던 걸까요? 아니면 집 안에서도 밖에서도
변소에서도 같은 신발을 신는 걸까요? 내가 "변
소 슬리퍼"라고 소리 내어 말하니 "이거 보고 다
들 착각하시는데, 이 슬리퍼는 실내 전용이 아니
에요"라고 하더군요. 그때 세토 씨는 안과 밖 사
이의 경계를 지우는 인간이라는 생각이 퍼뜩 들
었어요. 그다음 순간, 문도 벽도 묘비도 모두 흐릿
해지면서 거리가 투명해지더군요. 내 마음이 기
쁘니 또 목에서 그릉그릉 소리가 나요. 어쩌면 신

발이 아니라 세토 씨의 발에 붙어 있는 슬리퍼 모양 살덩어리인지도 모르겠어요. 어쩌면 세토 씨도……. 언젠가 고양이 모임에서 만날지도 모르겠어요. 자꾸만 그런 생각이 들어요.

아아, 또 목이 마르네. 하루밍 씨, 뭐 좀 안 먹을래요? 하루종일 걸어 다녔더니 일찍 자고 싶기도 하네요. 네? 뭐라고요? 내 새끼 고양이? 내가 말 안 했던가요? 나는 수술을 했기 때문에 아기를 못 낳아요.

고양이의 밤거리 산책

―

센조쿠千束

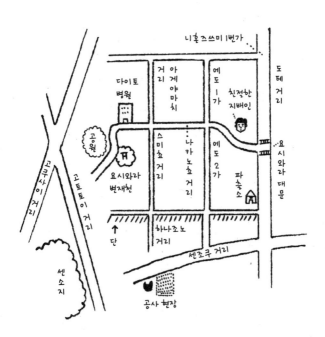

니혼즈쓰미 1번가

다이토
병원

거리
아
게
야
마
치

에
도
1
가

친절한
지배인

도
테
거
리

공원

요시와라
변재천

스
미
쵸
거
리

나
카
쵸
거
리

에
도
2
가

파
출
소

요
시
와
라
대
문

고
구
사
이
거
리

고
토
토
이
거
리

단

하나쵸노
거리

센
조
쿠
거
리

센
소
지

공사 현장

190

에도시대에 요시와라 사창가로 번성했던 센조쿠
4번가는 마을 전체가 한 단 높은 지대에 형성되
어 있다고 한다. 토지의 높낮이를 표시한 지도에
센조쿠 4번가 주변 지도를 겹쳐보면, 봉긋하게 솟
은 지역이 요시와라 사창가였던 구획과 놀랍게
도 딱 맞아떨어진다는 것이다. 단차는 지금도 그
대로여서, 어스 다이버Earth Diver에 흥미를 느끼는
사람들이 모여 감개무량한 표정으로 사진을 찍
곤 한다. 에도시대의 유곽 건물 대신 지금은 콘크
리트로 된 유흥 시설이 들어서, 아침 7시부터 번
쩍거리며 영업을 시작한다. 초롱불이 운치 있었
던 목조 건물이 콘크리트 빌딩으로 바뀌어도 하
는 일은 같으니, 사람이 산다는 게 이런 건가 싶
은 생각도 든다.

갑자기 화제를 돌려 죄송한데, 높은 벼랑 위
에만 우거지는 식물이 택지 개발에 밀려 벼랑을
잃은 후 높이 선 빌딩 옥상에서 남몰래 싹을 틔운
게 발견되었다는 이야기를 어느 이과 계열 공부

모임에 갔다가 들은 적이 있다. "식물의 생육에 적합한 조건이 갖춰지면 벼랑이든 건물이든 다르지 않다는 사실을 알 수 있습니다"라는 발표를 듣고, 나는 "뭐야, 그랬구나"라며 오래 묵은 체증이 싹 가신 듯한 기분을 느꼈다. 식물의 강인하고 끈질긴 생명의 힘에 두 손을 모으며.

요시와라는 이런 곳이다. 요시와라의 유흥 시설 밑에 깔린 단段은 예부터 지금까지 줄곧 변하지 않고 존재해왔다. 그 위에서 성性에 관한 여러 가지 행위를 했던 손님과 종업원은 그곳이 높은 단 위에 형성되어 있다는 사실을 알았을까? 상태를 보러 요시와라에 가고 싶어졌다.

나는 다리뼈가 부러져서 목발을 짚고 다닌 후에야 길에 수많은 단이 존재한다는 사실을 알았다. 그때까지 나는 대체 어디를 보고 다녔을까? 어쩌다 목발을 짚고 다닌 덕분에 여태까지 보지 못했던 단을 보다니, 아래를 향한 시야가 넓어졌다는 점에서 고마운 일이라고 생각했다.

평소에 우리는 땅 위의 사물에만 관심을 두
고 지면에 대해선 잊고 산다. 하지만 관점을 조금
바꿔 요시와라가 지니는 많은 요소 중 우선 '단'
을 염두에 두고 마을을 바라보면 천 년 전 이 땅
에 살았던 할아버지가 구름 위에서 중얼거리는
소리가 마을 어딘가에 설치된 스피커를 통해 들
릴 것 같은 느낌이 든다. 나 또한 땅 위에서 생활
하는 일원으로서, 요시와라에 흥미를 가지는 마
흔 넘은 여자로서, 이 세상에 존재한다는 사실에
대해 반성하지도 기뻐하지도 않으며, 그냥 생각
나는 대로 살고 있다.

그전에 치카코 씨 집을 방문하여 맛있는 저
녁식사를 함께 했다. 치카코 씨 가족이 사는 집은
'급탕실'이라는 이름의 유흥 시설 근처에 있다. 치
카코 씨 집 차고에 자주 나타난다는 고양이들을
소개받고 잠시 고양이가 순찰하는 모습을 뒤쫓으
며 구경한 다음, 집에 들어가서 말고기 회를 대접

받았다. 치카코 씨 남편이 말고기를 먹으면서 "근
처에 시마짱 식당이라는 곳이 있어. 밥업소 아가
씨들이 자주 배달을 시켜먹는 가게인데, 여자들
입맛이 얼마나 까다로운지 조금 새로운 도시락
을 갖고 가면 이런 거 못 먹는다면서 돌려보낸대.
정말 제멋대로지?"라며 요시와라에 관한 정보 한
가지를 들려주었다. 뭐야, 이 지역 환락가는 아가
씨들의 노동으로 성립되는데, 그 정도 자존심은
있어야지. 더 거만해져라. 좀더 까다롭게 주문하
라, 주문하라, 주문하라, 라고 속으로 부추겼다.

　　치카코 씨의 남편은 아사쿠사 출신으로, 이
부근에 대해서는 뭐든 잘 안다. 텔레비전을 보면
서 내일 가메다龜田와 나이토內藤가 붙는 권투 시합
이 볼 만할 거라는 정보도 준다. "아픈 건 참으면
되지만 마음이 위축되면 끝장이야. 상대가 그 틈
을 공격하면 쉽게 무너지지. 권투 보는 재미는 바
로 거기 있어." 나는 그건 또 몰랐네, 라고 생각하
면서 말고기를 간장 종지에 담갔다.

밤이 깊어지고 아이들의 눈꺼풀이 내려가니 그만 이불을 깔아야 했다. 치카코 씨 가족은 내일 아침 일찍 일어나야 하는데 너무 늦게까지 눌러 앉아 있었다. 내 안의 고양이는 "나, 하루밍 씨 안에 있기 싫어졌어요. 말이 너무 길어요"라며 나를 두고 어딘가로 사라졌다. 집 밖에서 우유 통이랑 화분 넘어지는 소리가 났다.

나는 '단'의 존재를 확인하고 싶어서 홀로 밖으로 나와 눈부신 빛의 마을로 향했다. 마을을 가로질러 요시와라의 끝까지 가야만 단을 볼 수 있으리라.

요시와라의 유흥 시설은 이름들이 다들 굉장했다. 비서실, 남작, 왕과 나, 샹그릴라, 영빈관, 여제, 금병매, 웨딩 플라자, 6월의 신부, 퓨어, 피카소. 남자의 성적 욕망을 다양하게 구현하는 저 이름들. 그런데 피카소라니, 어떤 서비스를 해주기에?

　　길 양편에 검은 옷을 입고 호객 행위를 하는 사람들이 날카로운 눈빛을 발하며 나란히 서 있다. 꼭 가로수 같다고 생각했다. 존재감이 대단한 사람들인데, 왜 그런지 내 시선을 피하며 고개를 숙인다. 호객을 하겠다는 것인지 말겠다는 것인지 태도가 애매하여 수상쩍다. 하지만 이 사람들 눈에는 내가 더 수상쩍겠지.

　　가게 밖에는 힘센 남자들이 문지기처럼 서 있고, 가게 안에선 반짝반짝 빛나는 여자들이 대합 속 부드러운 조갯살에 감싸인 채 손님을 기다리는구나. 아마 조개 아래에는 빨간 양탄자도 깔려 있겠지. 어쩌면 장식된 인형 같을지도 모르겠다고 생각했다. 요시와라는 빨간 양탄자를 깔아두고 일 년 내내 축제를 벌이는 곳.

　　호객을 하던 사람이 나와 눈이 마주치자 미소까지 지으며 정중하게 인사한다. 앗, 제법 신사적인데? 뭐지? 이 미소는, 하면서 나도 모르게 따

라 미소 짓고 말았다. 다가가면 과자라도 줄 것
같다. 다음 순간, 무슨 볼일이 있어서 여기를 지
나가느냐는 듯한 날카로운 시선을 느끼고 재빨리
눈을 내리깔았다.

걷다보니 괜스레 말을 걸고 싶어졌다.

번화한 거리에서 조금 떨어진 곳에 혼자 서
있는 젊은이가 있었다. 말라빠져서 밥도 못 먹었
을 것 같은 그 남자에게 "실례합니다……"라고 말
을 걸었다. 하지만 무슨 이야기를 할지 전혀 생각
해두지 않았다. 역시 순간적으로 나온 건 돈에 관
한 질문이었다.

"간판에 2만 3천 엔이라고 적혀 있는데, 실
제로는 얼마쯤 지불하나요?"

"왜요? 조사 나왔어요?"

"글 쓰는 사람인데, 좀 알고 싶어서요."

"명함 같은 거 갖고 있어요?"

"지금은 안 갖고 있는데……."

젊은이는 앞니가 하나 없었다. 뻥 뚫린 새까만 틈이 지옥으로 들어가는 입구처럼 보였다. 게다가 자꾸 실실 웃는다. 가게 안에서 옷걸이처럼 어깨가 떡 벌어진 지배인이 나오더니 나를 아래위로 훑어본다. 나는 사회 견학을 위해 나온 호기심 풍부한 사람의 얼굴로 "앗, 방금 요금표 보는 법을 배우고 있었어요"라며 호의적으로 보일 만한 표정을 만들고 수첩을 열었다 닫았다 했다. 그 말만 했을 뿐인데 지배인이 "아항, 그렇구나" 하고 어깨 힘을 빼면서 내 상황을 이해하겠다는 듯 고개를 끄덕였다.

"적혀 있는 요금의 약 세 배라고 생각하면 돼요. 입욕료가 2만 3천이면 대충 7만. 7천 엔이면 2만 1천 엔. 비율은 가게에 따라 조금씩 다르겠지만." 지배인은 "그럼, 수고해요"라는 인사를 끝으로 가게 안으로 들어갔다. 젊은이가 "저한테도 유용한 정보네요"라고 비위를 맞추며 따라 들어간다. 내가 지금 느끼는 이 기분은 대체 뭐지?

마치 안도감과도 같은……. 어릴 때 만약 유괴를 당한다면 그 범인을 좋아하자, 범인 편이 되어 목숨을 구하자는 호신법을 독자적으로 개발했는데, 그와 비슷한 기분일까?

가장 번화한 거리로 돌아가서 호객 행위 중인 가로수 길을 걸었다. 무서운 곳인데 나에겐 아무 일도 일어나지 않으리라는 안심감이 있었다. 호객중인 남자를 향해 작은 돌을 살짝 차보았다.

센조쿠 거리로 이어지는 지점까지 오니 갑자기 지면이 낮아져서 앗, 여기가 단의 끝이구나 싶었다. 단은 내 허벅지 높이 정도였다. 단차가 있는 곳에는 건물을 세울 수 없으니 공터로 남아 있거나, 아니면 부자연스러운 비탈길이었다. 마을이 찌그러져 있다니, 재미있다. 경사면에 계단이 설치된 곳도 있었다. 자그마한 돌층계인데 상당히 오래된 것 같았다. 그 계단을 둥글둥글하게 살찐 하얀 고양이가 탁탁탁 뛰어 내려오기에 따라

가봤더니, 공사중인 아파트 부지에 설치된 천막
안으로 들어간다. 안녕. 잘 자.

번외편

설날의 보물찾기

— 어느 마을에서

나도 모르는 사이에 내 안의 고양이가 혼자 어딘
가로 나가버려서 설날엔 고양이도 쉬려는 건가
싶어 내버려두었더니 어느새 돌아와서 이런 말을
한다.

"엄청난 곳에 갔었어요. 굉장히 편안한 잠자
리를 발견했다고요. 이불이랑 옷이랑 새 목욕 수
건이 침대 위에 확 펼쳐진 채로 놓여 있고, 숨으
면 재미있을 것 같은 커다란 상자도 많고, 계단을
오르면 넓은 마루랑 방이 있고, 나, 더이상 못 참
고 막 뛰어다녔잖아요. 물도 마셨어요. 욕조라고
하나요? 거기 물이 가득 들어 있어서 목마를 일도
없겠더라고요. 그런데 벌레랑 나뭇잎이 떠 있고,
그리 신선해 보이진 않았어요. 하루밍 씨도 한번
가봐요"라고 조르기에 고양이를 따라가 보기로
했다.

버스를 타고 중학교 앞에서 내리니 고풍스
러운 느낌의 자그마한 산부인과가 있었다. 2층짜

리 그 병원은 창틀도 유리도 지붕도 바람과 눈에 그대로 노출된 채 윤기를 잃고 하얗게 변색되어 있었다. 조만간 말라비틀어져버릴 것 같다. 이 병원, 언제 폐쇄된 걸까? 그런 생각을 하면서 건물 뒤편으로 돌아가는데 놀랍게도 커다란 마스크에 안경을 낀 여자가 있는 것이다. 밤나무에서 떨어진 낙엽을 비로 쓸어 모아 자그마한 소각로에서 태우는 중이었다. 어디선가 본 사람 같았는데, 알고 보니 옛 친구 치아키였다.

"이런 데서 뭐해?"라고 내가 먼저 말을 걸자, 치아키가 마스크를 턱까지 내리며 "앗, 아사오. 얼마 전에 이 건물 2층에서 시끄럽게 뛰어다닌 고양이, 혹시 네가 기르는 고양이였어?"라고 묻는다.

이 건물은 치아키가 어릴 때부터 가까이 지내던 쵸키 선생의 병원 겸 자택이라고 한다. 7개월 전에 84세의 나이로 돌아가시고 뒤처리할 사람이 없어서 고민하던 중, 그동안 친분이 두터웠던 치

아키 가족이 멀리 사는 유족의 부탁을 받고 집 안
에 남은 물건들을 정리하게 되었다는 것이다.

정리가 끝나면 건물을 철거하고 땅은 멀리
있는 유족에게 넘겨준다고 한다.

"역시 부잣집이라 물건이 너무 많아. 끝이 없
어. 버리기 아까운 물건들도 너무 많고. 책도 산더
미처럼 쌓여 있는데, 혹시 필요하면 가져갈래?"
하고 묻는다.

책이 산더미처럼? 책이라면 끔뻑 넘어가는
내가 아닌가? 응, 당연히 가져가야지. 나는 내 안
의 고양이에게 "넌 복을 부르는 고양이야"라고 칭
찬했다.

"쵸키 선생님, 여기서 누나랑 둘이서 생활하
셨어. 누나가 얼마나 미인에다 멋쟁이였는지, 우
리 엄마가 '고원의 공주님'이라고 불렀을 정도야."

"이 집을 동경했던 사람들도 많았겠다."

"맞아, 그랬어. 쵸키 선생님은 여객선 담당

의사이기도 해서 외국에 나갔다 올 때마다 햄 같
은 외국 음식을 선물로 가져다주셨어. 그런 쵸키
선생님이 정말 좋았지. 어릴 때는 선생님이랑 결
혼하겠다고 했지 뭐야?"

치아키 말로는 누나가 먼저 돌아가신 후에
도 여기서 줄곧 혼자 생활하셨던 모양이다. 찾아
오는 자원봉사자에게도 "지금 목욕중이에요"라
고 핑계를 대며 호의를 거절했을 정도로 자기 일
은 뭐든지 자기 혼자 처리했다고 한다.

"어느 날 아침에 갑자기 무슨 결심이 섰는지
병원에 입원하겠다고 하시더니 그로부터 일주일
후에 돌아가셨어."

"훌륭해요. 멋져요. 우리 고양이족도 그렇거든요. 우리도 그때가 되면, 남의 눈에 띄지 않는 장소로 가고 싶어지죠. 스스로 몸을 감출 장소를 찾아다니는 거예요. 그러고 조용히 누워서……"라며 내 안의 고양이가 눈을 감는다.

"앗, 치아키, 미안! 인간과 고양이의 죽음을 똑같이 생각하면 안 된다고 고양이한테 말해둘게. 정말 미안. 내 안의 고양이는 바보야"라고 얼른 수습했다.

치아키는 "괜찮아. 나도 쵸키 선생님 같은 죽음이 이상적이라고 생각해"라고 말했다.

골동품 업자가 2시에 오니까 그전에 안을 보는 게 좋겠다고 해서 "그럼, 탐험 시작!" 하고 둘이서 신발을 신은 채 집 안으로 들어갔다. 병원 옆의 이 별채는 쵸키 선생의 누나가 생활했던 곳이다. 문 밖까지 넘쳐 나온 가재도구를 뛰어넘고 손을 뻗어 전류 차단기를 올리니 불이 켜졌다. 치아키는 불이 켜지는 걸 확인한 후에 병동 쪽을 정리하겠다며 나갔다.

나는 서양식으로 꾸며진 응접실로 먼저 들어갔다. 책장으로 다가가서 한 권을 손에 든다. 1954년에 나온 영화 시나리오집이었다. 책을 펴니 먼지가 날아올라 저절로 재채기가 나왔다. 피아노 위에는 강아지 인형과 빨간 소 모양의 귀여운 장식품과 한쪽 손은 하늘로 뻗고 반대쪽 손을 가슴에 얹은 인도 불상이 놓여 있었다. 손에 드니 여기서도 먼지가 떨어진다. 책장은 복도에 큰 것이 하나, 응접실에 큰 것 하나, 유리문이 달린 작은 것 두 개, 그 외에 위스키 선반에도 책이 꽂혀 있다.

이 정도라면 집 안의 책장이 아닌 장소에도 책이 들어 있을 것 같았다. 여기 있어봐야 이제 버림받을 뿐이니, 나는 알지도 못하는 분의 책을 내 것으로 삼기로 했다. 골판지 상자 7개를 가득 채웠다.

책 이외의 책 비슷한 물건도 많이 찾았다. 전기스탠드가 놓인 고풍스러운 선반 아래에 앨범이 쌓여 있기에 열어보니 포르노 사진이 빽빽하게 붙어 있는 것이다. 뿐만 아니라, 잡지에서 오려낸 미녀의 나체 사진 위에, 춘화도라면 흐릿하게 표현되었을 부분이 펜으로 세세하게 덧그려져 있었다. 아무리 작은 사진이라도 정성스럽게 꾸며져 있다. 손을 대지 않은 사진은 단 한 장도 없었다. 콜라주 기법으로 상반신에만 옷을 입혀 놓았다.

또, 미녀 뒤로 남자 사진이 붙어 있는데, 하나같이 미녀에게 안겨 붙거나 훔쳐보는 듯한 포즈다. 무표정한 얼굴이 한심스러워 보인다. 이걸 만든 사람은 혹시 거대한 여자한테 짓밟히거나 벌레처럼 취급당하기를 꿈꿨던 걸까? 가위로 여체의 라인을 따라 오려낸 다음 손가락에 풀을 묻히고 종이 뒷면에 바르는 신사의 모습이 떠오른다.

이 신사가 마음속으로 동경했던 장면이 앨범이라는 형태로 쌓여 있는 것 같았다. 선반 앞에

묵직한 유목이 세워져 있기에 옆으로 치우니 과
자 상자가 하나 나온다. 그 안에 이세부터 오려질
순서를 기다리는 찢어진 잡지가 가득 채워져 있
었다. 왠지 아무렇게나 뒤적거리면 안 될 것 같았
다. 책과 함께 이 포르노 앨범도 내가 챙기기로
했다.

내 안의 고양이가 눈치채고 "고양이는 개다
래나무를 좋아하고, 하루밍 씨는 포르노를 좋아
하네요"라는 말을 하기 전에 택배 상자에 넣고 얼
른 테이프로 봉했다. 집 안에 남아 있는 물건으로
판단하건대, 이건 쵸키 선생 것이 아니라 다른 누
군가의 소유인 듯했다.

쵸키 선생의 누나는 남편이 죽은 후에 여기
로 이사 왔다고 한다. 그러니 이 건물에 있는 남
편의 물건은 모두 그녀가 옮긴 것이다. 신기하게
도 여기서 남편도 같이 살았던 것처럼 물건들이
모두 어울리는 장소에 보관되어 있었다. 모자는
모자걸이에, 명함은 책상 서랍에, 포르노 사진은

비밀스러운 장소에.

부엌문을 통해 들어가서 오른쪽을 보니 다다미가 깔린 일본식 방이 있었다. 바닥에도 고타쓰 위에도 양복이랑 기모노랑 바둑판이랑 마시던 컵이랑, 언제부터 있었는지 알 수 없는 먹다 남은 스시 접시랑 전등갓이 쌓여 지층을 이뤘다. 상석에는 독특한 모양의 꽃병 몇 개가 먼지를 뒤집어쓴 채 뒹굴고 있다. 꽃병들과 함께 전기밥솥이랑 남성용 가죽구두도 굴러다닌다. 꽃병, 전기밥솥, 양복, 기모노, 끝이 말린 돗자리, 옷장, 그릇, 먹다 남은 스시……. 모든 물건들 사이의 경계가 사라지고 점점 하나의 거대한 물체가 되어간다.

복도는 쵸키 선생 누나의 재봉실로도 이용되었는지 선반 밖으로 넘쳐 나온 일용품에 반짇고리가 섞여 있고, 그 안에 단추와 자수실이 보관되어 있었다. 누나가 쵸키 선생보다 먼저 돌아가셨다는데, 선생은 누나의 물건을 사후에도 그대로 놔둔 모양이다.

오른쪽으로 돌아 복도 끝에 위치한 두 평 남 짓한 방은 커튼이 쳐져 있어 햇볕이 들지 않았다. 누나가 사용하던 침실인 것 같았다. 이 방 역시 옷가지랑 종이들이 쌓여 묵직한 지층을 이루고 있었다. 옷 아래에 묻힌 네모난 물체가 침대라는 걸 알기까지 시간이 걸렸다.

침대 주위를 내용물이 가득 든 옷장과 삼면거 울이 빙 둘러싸고 있고, 벽은 매달린 겨울옷들로 가득 찼다. 누나가 여기서 잠들던 시절의 축축하고 농밀한 분위기가 자욱하게 되살아나는 듯했다.

쵸키 선생은 왜 누나 물건을 정리하지 않았 을까? 정리하면 정말로 죽어버린다고 생각한 걸 까? 누나가 남편이 남긴 물건을 이 집으로 옮겨와 서 보관했던 것도 같은 이유 때문인지도 모른다. 남편은 죽었지만 누나 마음에는 아직 살아 있었 던 것이다.

　내 안의 고양이가 "이런 걸 발견했어요"라며 가계부를 물고 왔다. 남편과 생활했던 아파트 집세를 누나가 죽기 전까지 지불했던 기록이 남아 있다.

　덜컹덜컹 소리 내는 창틈으로 들어오는 바람에 실려 왔는지, 흙과 개미가 침대를 뒤덮고 있었다. 바닥재는 썩어서 여기저기 부풀어 있어, 살금살금 걷지 않으면 구멍이 뚫릴 것 같았다. 이 방은 이미 아래부터 토사로 변해가고 있다. 산호 반지도, 귀금속도, 멋진 겨울옷도, 모두 이 방과 함께 흙으로 변해간다.

　"우리는 찜찜한 것에 모래를 뿌려요. 똥을 눈 다음이나 다 못 먹고 남긴 밥을 감추고 싶을 때 말이죠. 이건 잘 알려져 있지 않은데, 찜찜한 것뿐만 아니라 소중한 것에도 우리는 모래를 끼었어요. 그러니까 찜찜한 것과 소중한 것은 친척 관계예요. 이 방에 우리보다 먼저 다른 고양이가 들어와서 모래를 뿌려놓았는지도 몰라요"라고 내 안의 고양이가 추측했다.

나는 고양이의 그 행위를 '사라져버려라'라는 의미로 생각했다. 사실은 그뿐만이 아니었던가?

치아키는 쵸키 선생의 진료실에서 업무용 약 상자를 정리하고 있었다. 상자가 낡았지만 디 자인이 예뻐서 버리기 아깝다며 한참 바라본다. 유리로 된 매끈한 앰플이 상자 안에서 반짝반짝 빛났다.

"순서대로 차곡차곡 들어 있는 모습이 너무 귀엽다는 생각이 들어. 꼭 자기가 사용될 순서를 다소곳이 기다리는 것 같지 않아?"라고 말하며 무릎 위에 놓고 조심스레 어루만졌다.

한쪽 구석에 거무스름한 액체가 든 병을 챙 겨놓았기에 자세히 보니 매실주였다. 언제 누가 담은 건지, 매실이 너무 익어서 쭈글쭈글하다. 치 아키가 "나, 이거 조금 맛보고 싶어서"라고 한다. 언제 먹던 건지 모르는 잼과 새 수건도 제법 많이

챙겨져 있었다. 치아키의 사전에는 유효기간이라
는 게 없었다.

　골동품 입자가 도착하여 팔 수 있을 것 같은
도구류만 모조리 경트럭에 실었다. 치아키는 거
무스름한 매실주와 수건을, 나는 에로 스크랩을.
저마다 다른 취향이 재미있어서 웃었다.

후
기

"고양이 눈으로 산책해보지 않을래요?"라고 치카코 씨
가 제안했다. 그리하여 한 달에 두 번 치카코 씨와, 혹은
혼자서 도쿄나 주변 마을로 산책 나가서 겪었던 일을
글로 엮어보았다. 그 글들은 '고양이의 눈 통신'이라는
제목으로 2008년 9월부터 2009년 12월까지 'web 치쿠
마'에 연재되었다. 그중 열여섯 편을 수정하여 『고양이
눈으로 산책』이라는 제목으로 출판하게 되었다.

치카코 씨는 나와 비슷한 점을 한 가지도 찾기 어
려운 사람이다. 이런 기회가 없었다면 우주 속을 누비
는 혜성처럼 내겐 너무나 먼 존재였을 것이다. 처음에
는 어려웠지만 함께 산책을 하는 동안 둘이 동갑내기라

는 걸 알게 되었고, 그 시절 유행했던 텔레비전 프로그램이나 잡지 이야기를 나누면서 "뭐야, 그랬구나" 하고 마음을 터놓게 되었다. 고양이들은 서로 콧등을 대고 비비며 친밀감을 표현하는데, 치카코 씨와 나는 옛날에 즐겨 봤던 텔레비전 프로그램이나 잡지를 통해 친해진 셈이다. 더없이 즐거운 작업이었다. 이 일을 하게 되어 기쁘다.

벽장에서 잠들었던 고양이가 일어나자마자 내 옆으로 와서 야옹야옹 울 때가 있다. 나를 똑바로 응시하며 목이 쉬도록 운다. 대체 무슨 말을 하고 싶은 걸까? 어쩌면 꿈속에서 본 걸 나한테 보고하는 건지도 모른다는 생각이 들었다. 집에서 한 발자국도 나간 적이 없는

겁쟁이 고양이가 꿈속에서 겪은 용맹스러운 모험담을 전하며 "정말 굉장했어요. 얼마나 즐거웠는지 몰라요"라고 자랑하려는 게 아닐까? 나의 '고양이 눈으로 산책'도 어쩌면 그런 건지도 모른다.

 내가 사는 도쿄는 기복이 많고 구석구석마다 개성이 넘치는 도시이다. 새로운 것과 오래된 것이 뒤섞여 있다. 그런 장소는 균일하기보다 일그러져 있고, 그 일그러짐이야말로 마을이 변화한 증거라는 생각이 든다. 그럴 때 마을이 살아 있다고 느낀다. 사람도 마을도 고양이도 나도, 어떤 존재든 겉모습은 변한다. 하지만 그들의 활동은 시간의 흐름 속에서도 한결같이 지속된다. 그 사실을 증명하듯 오늘도 도쿄의 강은 흐른다.

이 책을 출간하기까지 치쿠마쇼보의 쓰루미 치카코 씨에게 큰 도움을 받았습니다. 매번 훌륭하게 준비를 해주셔서 나는 그 멋진 솜씨에 넋을 잃고만 있었지요. 함께 산책길에 나서준 친구들과, 여기까지 읽어주신 독자 여러분께도 고개 숙여 인사드립니다. 감사합니다.

아사오 하루밍

고양이 눈으로 산책

© 아사오 하루밍 2015

초판 1쇄 인쇄 | 2015년 6월 19일
초판 1쇄 발행 | 2015년 6월 26일

지은이. 아사오 하루밍
옮긴이. 이수미

펴낸이, 편집인. 윤동희

편집. 김민채 박성경
기획위원. 홍성범
디자인. 이진아
종이. 매직패브릭 220g(표지) 그린라이트 100g(본문)
마케팅. 방미연 최향모 유재경
홍보. 김희숙 김상만 한수진 이천희
제작. 강신은 김동욱 임현식
제작처. 영신사

펴낸곳. (주)북노마드
출판등록. 2011년 12월 28일 제406-2011-000152호

주소. 413-120 경기도 파주시 회동길 216
문의. 031.955.1935(마케팅) 031.955.2646(편집) 031.955.8855(팩스)
전자우편. booknomadbooks@gmail.com
트위터. @booknomadbooks
페이스북. www.facebook.com/booknomad

ISBN. 979-11-86561-05-8 03830

○ 이 도서의 국립중앙도서관 출판예정도서목록(CIP)은
서지정보유통지원시스템 홈페이지(http://seoji.nl.go.kr)와
국가자료공동목록시스템(http://www.nl.go.kr/kolisnet)에서 이용하실 수 있습니다.
(CIP 제어번호: CIP 2015015198)

www.booknomad.co.kr

북노마드